Hans-Georg Feth

Eine geliehene Familie

Hans-Georg Feth

Eine geliehene Familie

Erinnerungen an eine geschenkte Heimat

BRUNNEN
VERLAG GIESSEN · BASEL

ABCteam-Bücher erscheinen in folgenden Verlagen:
Aussaat Verlag Neukirchen-Vluyn
R. Brockhaus Verlag Wuppertal und Zürich
Brunnen Verlag Gießen und Basel
Christliches Verlagshaus Stuttgart
Oncken Verlag Wuppertal und Kassel

Die Deutsche Bibliothek – CIP-Einheitsaufnahme

Feth, Hans-Georg:
Eine geliehene Familie : Erinnerungen an den Petershainer Hof /
Hans-Georg Feth. - Giessen ; Basel : Brunnen-Verl., 1997
ISBN 3-7655-1607-4

Umschlagfoto: Georg Eurich und Lothar Voigt
Umschlaggestaltung: Ralf Simon
Illustrationen: Albrecht Dinkel
Satz: DTP Brunnen
Herstellung: Clausen und Bosse, Leck
ISBN 3-7655-1607-4

Inhalt

Vorwort

Wenn ich meine eigenen spärlichen frühkindlichen Erinnerungen mit den späteren Erzählungen meiner Tante Anna und meines älteren Bruders Willi verbinde, dann ergibt dies ein ziemlich düsteres Bild: Wir lebten damals in bitterster Armut unter manchmal geradezu lebensbedrohenden Verhältnissen – ganz besonders für ein Kleinkind.

Mit Ausnahme meiner Geburtsurkunde, nach der ich am 17. Dezember 1915 um 9.30 in Kassel zur Welt kam, existieren meines Wissens aus der Zeit meiner frühen Kindheit keine nachlesbaren Belege mehr. Nachdem ich meinen Kindern und Enkeln gelegentlich Anekdoten aus meinen nicht alltäglichen Kinder- und Jugendjahren erzählt hatte, wollten sie gern mehr über diese Zeit erfahren. Dies veranlaßte mich, meine Erinnerungen niederzuschreiben.

Immer wenn ich auf meinen langen Lebensweg zurückblicke, erfaßt mich ein tiefes Gefühl der Dankbarkeit für Gottes gütige Führung und seinen väterlichen Schutz in schwierigen, für Leib und Seele gefährlichen Situationen. Es ist mir aber auch ein Bedürfnis, mit diesem Buch all den Menschen zu danken, die mich auf meinem Lebensweg in guten und schlechten Zeiten mit ihrer Liebe und Zuneigung helfend begleitet und geprägt haben. Dabei denke ich besonders an meine Pflegeeltern, Vater und Mutter Schlag, die mich aus dem Waisenhaus geholt und mir ein intaktes Heim gegeben haben, in dem ich mich körperlich und geistig entfalten konnte.

Andernach, im August 1996
Hans-Georg Feth

Frühe Kindheit

Es muß wohl einen schwerwiegenden Grund gegeben haben, daß meine Mutter, die mit mir im achten Monat schwanger war, im Dezember des zweiten Kriegsjahres 1915 eine für sie so beschwerliche Reise von Mainz nach Kassel auf sich genommen hat. Man denke nur an die mit Soldaten und Zivilisten überfüllten und ungeheizten Züge, an die üblen Gerüche, die von den zusammengepferchten Menschen und erst recht von den als heimliches Hamstergut mitgeführten Kaninchen, Gänsen und Hühnern verbreitet wurden! Und immer wieder gab es unplanmäßige längere Aufenthalte, um Militärtransporte passieren zu lassen.

Mich scheint das stundenlange Stoßen und Rütteln des klapprigen Wagens so aufgeschreckt zu haben, daß ich schon kurz nach Mutters Eintreffen in der Wohnung ihrer Eltern, um ganze vier Wochen zu früh, nach draußen drängte. Niemand hat wohl damals geglaubt, daß ich die nächsten Tage überleben könnte. Es gab schließlich noch keine Brutkästen für Frühgeburten oder gar eine spezielle Babynahrung. Auf alle Fälle wurde ich in einen mit Watte ausgepolsterten Pappkarton gelegt und mit Wärmflaschen warm gehalten.

Diese Familie, in die ich da hineingeboren worden war, bestand bereits aus fünf Personen:

Mein Vater Wilhelm, geboren am 9. Oktober 1881 in Mainz, war Steuermann auf einem großen Schleppdampfer, wie sie damals noch zahlreich den Rhein befuhren. Er war mittelgroß, schlank und hatte dunkles, welliges Haar.

Meine Mutter, sie hieß Johanna Katharina Wilhelmine Friederike, wurde am 4. November 1877 als Tochter eines Webers in dem kleinen thüringischen Ort Ober-Mitteldorf geboren. Sie war etwas größer als Vater, hatte langes, goldblondes Haar und soll sehr schön und sanft gewesen sein. Meine Tante Anna war der Meinung, daß ich von allen Geschwistern meiner Mutter am ähnlichsten gewesen sei.

Meine Schwester Minna war zur Zeit meiner Geburt etwa 13 Jahre, meine Schwester Anna etwa zehn Jahre und mein Bruder Willi vier Jahre alt. Weitere vier Jahre nach meiner Geburt war dann mit meiner Schwester Martha unsere Familie komplett.

Leben auf einem Rheindampfer

Unser fester Wohnsitz war eine Mansardenwohnung in einem alten Haus am Südrand von Mainz-Weisenau, in dem auch meine Großeltern väterlicherseits wohnten. Die meiste Zeit hausten wir jedoch in der sogenannten Steuermannskajüte, die größtenteils unterhalb der Wasserlinie auf der Bugseite des Schleppers lag. Wir, das waren die Eltern, Willi und ich. Die beiden schulpflichtigen Schwestern Minna und Anna waren bei den Großeltern in Mainz-Weisenau untergebracht; sie kamen nur in den Ferien zu uns aufs Schiff.

Das Leben und Wirtschaften auf dem Dampfer muß für Mutter die reinste Tortur gewesen sein. Da war mit Sicherheit nicht ein Hauch der oft besungenen Rheinromantik zu spüren. Dunkle, enge Schlafkojen, eine winzige Kombüse, in die das Tageslicht nur schwach durch eine Glasscheibe in der Decke drang und in der nur für drei Personen knapp Platz zum Essen war. Dazu kam das unaufhörliche Dröhnen und Stampfen der mächtigen Dampfmaschinen, die alles erzittern ließen, das pausenlose Platschen der beiden riesigen Schaufelräder und das Rauschen des sich am Schiffsbug brechenden Wassers. Über dem ganzen Schiff hing ein penetranter Gestank von frischem Teer, heißem Schmierfett und rußigem Rauch aus den zwei aufragenden Schloten.

Kapitän, Herr und Gebieter dieses Schiffes war der jüngere Bruder meines Vaters, unser Onkel Fritz. Äußerlich sahen sich die Brüder nicht im geringsten ähnlich. Onkel Fritz hatte einen unheimlich dicken Bauch, einen kugelrunden, glänzenden Kahlkopf und muskulöse Arme, die – genau wie seine Brust – mit skurrilen Tätowierungen verziert waren. Charakterlich glichen sie sich dagegen schon eher, wie ich viel später aus eigener Anschauung erfahren sollte. So hatten sie vor allem ein gemeinsames Freizeithobby, das sie oft und gründlich pflegten: Bei jedem Landgang ließen sie sich so ausgiebig mit Bier und Schnaps vollaufen, daß sie mindestens die nächsten 48 Stunden nicht mehr aktionsfähig waren.

Als Kapitän wohnte Onkel Fritz mit seiner vierköpfigen Familie natürlich viel komfortabler als wir, in den mittschiffs liegenden Deckaufbauten. Das war eine helle und geräumige Wohnung mit Bildern an den Wänden und bunten Vorhängen an den Fenstern. Onkel Fritz und seine Frau, unsere Tante Anna, hatten zwei Söhne, Fritz und Eugen, beide ungefähr so alt wie Willi und ich. Einige Jahre später bekamen sie noch ihre Tochter Anneliese. Tante Anna war eine stille, mütterliche Frau, die Willi und mich genauso liebevoll behandelte wie ihre eigenen Kinder.

Unsere beiden Familien sind viele Jahre zusammen auf dem Schiff zwischen Basel und Rotterdam hin- und hergependelt. Mir selbst hat sich nur ein Vorfall aus dieser Zeit besonders eingeprägt: Ich hatte mich dicht an den Rand des vor Anker liegenden Schiffes gestellt, um – wie das alle taten – einem natürlichen Bedürfnis nachzugeben. Dabei hatte ich mich wohl zu weit vorgebeugt, um meinem Bächlein nachzusehen, und war in den Fluß gestürzt. Onkel Fritz, der den Vorfall bemerkt hatte, sprang mir sofort hinterher und brachte mich wieder auf das Schiff zurück. Nicht auszudenken, wenn das während der Fahrt passiert wäre – ich wäre unweigerlich von einem der Schaufelräder zermalmt worden.

Es muß vor der Einschulung meines Bruders Willi im Frühjahr 1917 gewesen sein, als Mutter mit uns Kindern das Schiff für immer verließ und nach Mainz zog.

Schlechte Zeiten

Das Leben in unserer kleinen Weisenauer Mansardenwohnung mag wohl ruhiger und ungefährlicher gewesen sein als auf dem Schiff, es war mit Sicherheit aber nicht weniger beengt und womöglich noch um einiges primitiver. Hier gab es nur einen Wasserhahn im Treppenhaus für alle Mietparteien. Spül-, Wasch- und Putzwasser mußte nach unten getragen und irgendwo ausgeschüttet werden. Für die Erledigung dringender Geschäfte gab es im Hof das „Häuschen“ mit dem ausgeschnittenen Herz in der Tür. Dort pfiff der Wind durch alle Ritzen, von dem penetranten Geruch ganz zu schweigen.

Natürlich gab es damals noch kein elektrisches Licht, aber auch die in den Stadthäusern schon verbreiteten Gaslampen waren in unserer Gegend noch völlig unbekannt. Wir behalfen uns mit rauchenden Stearinkerzen und rußenden Petroleumlampen. Nicht selten war die einzige Lichtquelle nur der Feuerschein, der aus der offenen Tür des Kanonenöfchens fiel.

An meine Großeltern habe ich nur eine sehr vage Erinnerung. Großvaters Eltern waren mit einigen Söhnen aus Salzburg nach Deutschland eingewandert und hatten sich in Mainz niedergelassen. Mein Vetter Eugen hat Ahnenforschung betrieben und herausgefunden, daß wir einen ganz berühmten Urgroßvater hatten: Es ist der russische Lyriker Afanassij Afanasjewitsch Feth (1820-1892), Sohn eines reichen Gutsbesitzers und einer deutschen Mutter, der seinerzeit von Kiew nach Salzburg emigrierte. Neben Puschkin und Tjutschew wird er als der größte russische Lyriker bezeichnet, der auch Goethe und Schopenhauer meisterhaft ins Russische übersetzte. Den amtlich beglaubigten Ahnenpaß habe ich 1943 bei Tante Anna selbst studiert. Leider ist er bei einem Luftangriff mit der gesamten Wohnungseinrichtung verbrannt.

Die Mainzer Großeltern müssen in den Jahren 1917 und 1919 verstorben sein. Großmutter soll es noch kurz vor ihrem Tod – gegen den ausdrücklichen Willen meines Vaters – durchgesetzt haben, daß ich endlich getauft wurde. Mit mir an der Hand ist sie zum evangelischen Pfarramt gegangen, um den Taufakt vollziehen zu lassen. Auf dem Heimweg, heißt es, hätte ich mich sehr erbost über den bösen Onkel beklagt, der mich ganz grundlos mit Wasser bespritzt habe.

Die allgemeine Unterversorgung der städtischen Bevölkerung in den End- und Nachkriegsjahren des 1. Weltkrieges bekam unsere Familie besonders stark zu spüren, da wir kaum Geld und schon gar keine Tauschobjekte hatten. Unsere Armut war entsetzlich. Wir Kinder besaßen selbst im Winter weder Mäntel noch Schuhe; und nicht an jedem Tag gab es etwas zu essen. Wie oft habe ich mich hungrig in den Schlaf geweint! Ich erinnere mich noch gut an das steinharte, verschimmelte Brot, das uns ein mitleidiger Bäcker hin und wieder schenkte, und an die vom Krämer zusammengekehrten Haferflocken, die derart mit Mäusekot durchsetzt waren, daß auch nach sorgfältigster Auslese noch immer etwas davon in der Suppe schwamm.

Willi und ich versuchten oft mit Mausefallen einige der vor dem Fenster lärmenden Spatzen zu fangen. Wenn wir Glück hatten, gab es ein herrliches, aber leider für uns alle viel zu knappes „Hühnerfrikassee".

Unseren Vater scheint das alles nicht gekümmert zu haben. Er nahm sogar noch seinen beiden Töchtern unter Androhung von Schlägen das wenige Geld ab, das die beiden durch ihre Arbeit auf den nahegelegenen Feldern verdient hatten, um es in irgendeiner Kneipe zu vertrinken. Allzu oft bekamen wir ihn ohnehin nicht zu sehen – zum Glück, muß ich sagen, denn dann gab es stets lautstarken Streit zwischen den Eltern und brutale Mißhandlungen. Sein bevorzugter Prügelknabe war mein Bruder Willi, der nicht selten auch noch für meine Missetaten geschlagen wurde. So mußte der Ärmste beispielsweise dafür büßen, wenn ich wieder einmal gegen den heißen Zylinder der brennenden Petroleumlampe gespuckt hatte, wodurch das Glas immer mit lautem Knall zersprang.

Nach der Geburt meiner Schwester Martha hat meine Mutter kaum noch das Bett verlassen können. Ihr von Hunger, Schwangerschaft und Wochenbett geschwächter Organismus konnte der schon länger latent vorhandenen Lungentuberkulose keinen ernsthaften Widerstand mehr leisten. Martha wurde kurz nach ihrer Geburt vom Jugendamt in die Obhut einer professionellen Pflegemutter gegeben. Auch Minna und Anna waren nicht mehr da; sie mußten als Dienstmägde bei einem Bauern mit harter Arbeit ihren Lebensunterhalt selbst verdienen.

Um unsere schwerkranke Mutter und um uns Buben hat sich niemand gekümmert. Ich erinnere mich noch gut daran, daß ich sehr oft auf einem Bänkchen vor Mutters Bett gesessen und versucht habe, sie aufzumuntern und zu unterhalten.

Meine Mutter

Was für ein Mensch war meine Mutter? Wie sah sie aus und wie hat sie gesprochen? Ich habe mich ein Leben lang vergeblich bemüht, mir diese Frage zu beantworten. Vor meinem geistigen Auge sehe ich stets das Bild einer schönen Frau im langen, weißen Gewand, die weinend vor einem Spiegel steht und ihr blondes Haar kämmt. Doch so sehr ich mich auch anstrenge, ihre Gestalt und ihr Gesicht deutlich zu erfassen – es gelingt mir nie. Wahrscheinlich reicht mein Erinnerungsvermögen gerade bis in die Zeit zurück, als meine Mutter bereits todkrank war und ich sie nur noch im langen, weißen Nachthemd gesehen habe.

Wie muß diese bedauernswerte Frau unter der fortschreitenden, heimtückischen Krankheit gelitten haben, die täglich mehr und mehr an ihrer Lebenskraft zehrte und die ihr keine Hoffnung mehr auf Genesung ließ. Wie sehr muß sie das Elend gequält haben, in dem wir lebten – und die Sorge um ihre Kinder, die sie selbst nicht mehr richtig versorgen konnte! Sicher hat sie auch mit Wehmut an ihre eigene unbeschwerte Kindheit im Hause ihrer Eltern gedacht, an ihre erste glückliche Ehe mit einem geliebten Mann und an ihre beiden Töchter aus dieser Ehe.

Mutters Eltern waren Ende des vorigen Jahrhunderts von Thüringen nach Kassel übergesiedelt und hatten dort einen eigenen Webereibetrieb gegründet. In Kassel heiratete meine Mutter den Stadtinspektor Georg Feth, der meines Vaters älterer Bruder war. Niemand hat mir sagen können, welche Umstände meinen Onkel Georg nach Kassel verschlagen haben und wie er meine Mutter kennengelernt hat. Es soll eine harmonische Ehe gewesen sein, aus der zwei Töchter, Johanna und Katharina, hervorgegangen sind. Dieses glückliche Familienleben wurde schon nach wenigen Jahren durch den frühen Tod meines Onkels, der einer Lungenentzündung erlegen war, beendet.

Zur Beisetzung meines Onkels waren auch dessen Brüder Fritz und Wilhelm nach Kassel gekommen. Wilhelm, mein späterer Vater, soll ein gutaussehender und charmanter Mann gewesen sein. Ihm gefiel die junge Witwe, und bei seinen immer häufiger werdenden Besuchen setzte er seinen ganzen Charme und alle Beredsamkeit ein, sie zur Heirat mit ihm zu bewegen. Schließlich hat Mutter sich überreden lassen – vielleicht in dem Glauben, einen zweiten Georg zu heiraten.

Ihre beiden Töchter ließ Mutter vorerst bei den Eltern in Kassel zurück; sie selbst folgte ihrem Mann auf das Schiff.

Schon bald nach der Hochzeit ließ mein Vater die Maske des charmanten Verehrers fallen. Mutter mußte feststellen, wie verschieden Brüder sein können. Aus ihrem behüteten und wohlgeordneten Leben in Kassel gerissen, mußte sie nun das harte Los einer Schiffersfrau ertragen, von der rücksichtslos jede Schwerstarbeit verlangt wurde. Nur zur Entbindung ihrer Kinder durfte sie für kurze Zeit an Land gehen.

Die Großeltern in Kassel weigerten sich, die beiden Kinder aus erster Ehe meiner Mutter dem unsteten und nicht ungefährlichen Leben auf dem Schiff auszusetzen. Sie erreichten, daß die beiden Mädchen bei ihnen in Kassel bleiben durften. So kommt es, daß ich meine Halbschwestern, die auch meine Cousinen waren, nie kennengelernt habe. Als Fünfzehnjähriger erhielt ich einmal einen Brief von Johanna, in dem sie schrieb, daß sie in Berlin mit dem Inhaber einer Reinigungsfirma verheiratet sei. Dem Brief hatte sie ein Bild von sich und ihrem Mann beigelegt. Auf mein Rückschreiben habe ich nie eine Antwort bekommen. Deshalb weiß ich leider nicht, was aus ihr und aus Katharina geworden ist.

An einem sonnigen Frühlingstag des Jahres 1921 ging der qualvolle Leidensweg meiner Mutter zu Ende. Wie so oft, saß ich spielend vor Mutters Bett auf dem Fußboden. Plötzlich rief sie meinen Namen, richtete sich im Bett auf, wobei sie unverständliche Worte murmelte. Sie sah mich mit geweiteten Augen an und sank dann mit einem Seufzer auf ihr Kissen zurück. Ich wußte damals noch nichts von der Endgültigkeit des Todes. Erst sehr viel später habe ich begriffen, was in dieser Stunde geschehen war: Meine Mutter hatte uns für immer verlassen.

An die Beerdigung kann ich mich nicht mehr erinnern, doch nie werde ich das schreckliche Geräusch vergessen, als Mutters Kopf beim Einsargen auf dem unbedeckten Sargboden aufschlug. Vater hatte seiner toten Frau nicht einmal ein Kopfkissen gegönnt, ihr Haupt darauf zu betten. Rücksichtslos und brutal, wie er sie im Leben behandelt hatte, so roh hatte er die tote Mutter einfach in eine armselige, grob zusammengenagelte Bretterkiste geworfen. Diese Kaltherzigkeit erfüllt mich bis heute mit tiefer Abscheu.

Mutterseelenallein

Nachdem Mutter fortgebracht worden war, wurde die Wohnung desinfiziert und für einige Tage versiegelt. Willi und ich kamen solange bei Tante Anna unter, die in der Nähe wohnte. Als Tante Anna mit ihren Kindern wieder auf das Schiff zu Onkel Fritz mußte, schickte sie uns einfach in unsere Wohnung zurück.

Dort erlebten wir eine furchtbare Überraschung. Die ganze Wohnung war, mit Ausnahme eines Bettgestells, total ausgeräumt – und von Vater keine Spur! Er hatte alles verkauft und sich durch Flucht seiner Unterhaltspflicht entzogen. Später erfuhr ich, daß er viele Jahre unter falschem Namen auf einem französischen Rheinschiff gefahren war.

Natürlich war auch nichts Eßbares mehr vorhanden und schon gar kein Brennmaterial. Tante Anna war irgendwo auf dem Rhein unterwegs, sie konnte uns nicht helfen: Wir waren wirklich „mutterseelenallein".

Mein damals neunjähriger Bruder Willi versuchte alles, uns am Leben zu erhalten. Er kehrte bei allen möglichen Leuten die Gehwege, verrichtete Botengänge und war ständig bemüht, ein bißchen Geld zu verdienen. Was er heimbrachte, reichte allenfalls aus, unseren schlimmsten Hunger für kurze Zeit zu stillen. Einmal brachte er ein Stück trockenes Brot oder ein Endchen Käse mit, ein anderes Mal sogar einen Salzhering, der eigentlich schon nicht mehr genießbar war. Da wären ja noch die Spatzen gewesen, wenn wir die Möglichkeit gehabt hätten, sie zu braten. Es gab auch Tage, an denen Willi mit leeren Händen heimkam und mich in den Schlaf trösten mußte. Darüber hinaus gab er sich große Mühe, mich einigermaßen sauber zu halten. Das war unter diesen haarsträubenden Verhältnissen gewiß nicht einfach, zumal ich viel lieber alles in die Hose gehen ließ, als im Hof auf die für mich viel zu hohe Toilette zu klettern.

Unser Dahinvegetieren, immer am Rande des Verhungerns, dauerte ungefähr drei Monate. Niemand kümmerte sich um die zwei Kinder in der leeren Mansarde – nicht die Bewohner des Hauses und nicht einmal der Hausbesitzer selbst. Wenigstens ihm müßte doch aufgefallen sein, daß die Miete nicht mehr gezahlt wurde. Möglicherweise hat er nicht einmal bemerkt, daß die Wohnung noch immer benutzt wurde.

Dann endlich, an einem der ersten Tage des Juli 1921, kam ein freundlicher Gendarm mit Pickelhaube und Säbel, nahm uns beide an der Hand und brachte uns in seine Wohnung. Die Frau des Gendarms war eine liebe mütterliche „Tante". Als erstes steckte sie uns in einen großen Waschzuber mit warmem

Wasser und bearbeitete uns ausgiebig mit Seife und Schwamm. Nach der Prozedur, die ich wohl nicht sehr genossen habe, bekamen wir frische Unterwäsche, ein umfangreiches Abendessen und wurden anschließend in ein schönes, weiches Bett gelegt.

Willi und ich fühlten uns wie die Prinzen im Märchen. Leider war unser Glück nur zu schnell wieder dahin. Am nächsten Morgen wurden wir in neue Anzüge gesteckt. Erstmals mußten meine Füße, an eine solche Tortur überhaupt nicht gewöhnt, mit harten Schuhen Bekanntschaft machen. Nach dem Frühstück fuhr der nette Gendarm mit uns per Bahn nach Darmstadt und lieferte uns dort in einem Waisenhaus ab.

Im Waisenhaus

Der sogenannte „Waisenvater" muß wohl geglaubt haben, daß die ihm anvertrauten Buben nur durch drakonische Strenge und eine asketische Ernährung zu brauchbaren Mitgliedern der menschlichen Gesellschaft erzogen werden könnten. Bei den geringsten Anlässen setzte es Ohrfeigen, oder es wurde mit einem Stock geprügelt. Mit Entsetzen habe ich erlebt, wie ein Ausreißer von zwei starken Männern derart mit Stöcken bearbeitet wurde, daß er nachher an Rücken und Gesäß keine heile Stelle mehr hatte. Zu essen bekamen wir meist nur dünne Wassersuppen, in denen irgendwelches undefinierbares Grünzeug schwamm.

Das Haus war eher eine Strafanstalt für Kinder, deren einziges Verbrechen darin bestand, ihre Eltern verloren zu haben. Ich selbst kann mich an persönliche Mißhandlungen nicht erinnern, vermutlich war ich noch zu klein, um den Betreuern lohnenswerte Angriffspunkte zu bieten – und nicht zuletzt hatte ich meinen Bruder Willi, der auf mich aufpaßte.

Da wurde beispielsweise auf eine besonders zynische und entwürdigende Art versucht, Bettnässer von ihrem Leiden zu heilen. Wem nachts ein „Malheur" passiert war, der mußte mit seinem Strohsack auf dem Rücken so lange im Hof auf und ab gehen, bis dieser wieder trocken war – auch im Winter.

Mein Bruder Willi wußte, daß ich schon immer eine besonders schwache Blase hatte. Um mich vor der Schande der „Strohsackpromenade" zu bewahren, hat er mich in jeder Nacht geweckt und auf den Topf gesetzt. Dazu mußte er im Dunkeln barfuß auf kaltem Sandsteinboden einen langen Flur entlang laufen und sich in dem unbeleuchteten Schlafsaal zwischen den unzähligen Betten zu mir durchtasten. Erst viel später ist mir recht bewußt geworden, wie sehr mein Bruder sich für mich verantwortlich gefühlt und wie sehr er mich geliebt haben muß; schließlich war er damals selbst erst neun Jahre alt!

Die Weichen werden gestellt

Inzwischen war es Winter geworden. Wir Kinder mußten in unseren dünnen Lumpen jämmerlich frieren, da kaum ein Raum richtig geheizt wurde. Meine Füße hatten längst wieder die gewohnten Frostgeschwüre, denn die schönen, wenn auch unbequemen Schuhe hatte mir gleich bei meiner Ankunft im Waisenhaus einer der Pfleger ersatzlos abgenommen.

Am 17. Dezember 1921 war ich sechs Jahre alt geworden, aber weder ich noch sonst jemand im Waisenhaus hatte davon Notiz genommen. Und doch – zu dieser Zeit waren schon die Weichen gestellt, die meinem bisher so hoffnungslosen Leben eine neue Richtung geben sollten.

Bereits im Spätsommer desselben Jahres hatte sich in dem weit entfernten Vogelsberger Forsthaus Petershainer Hof ein auf den ersten Blick unbedeutendes Ereignis zugetragen, das für mich jedoch eine schicksalhafte Bedeutung bekommen sollte:

Der Lehrer des etwa sechs Kilometer vom Forsthaus entfernten Dorfes Bobenhausen war mit seinen Schulkindern auf einem Ausflug hier zur Rast eingekehrt. Die Kinder ruhten sich auf der Wiese vor dem Forsthaus von dem langen Weg aus und verzehrten ihre mitgebrachten Butterbrote. Die Frau des hier stationierten Revierförsters Ludwig Schlag versorgte die lärmende Schar mit frischer Kuhmilch und Limonade. Dabei entdeckte sie einen abseits sitzenden kleinen Buben, der still vor sich hin weinte. Auf ihre mitleidige Frage nach der Ursache der Tränen erfuhr sie, daß der Kleine ein Waisenkind war und von seiner Pflegefamilie kein Proviant mitbekommen hatte.

Es gab damals viele Waisenkinder in dieser Gegend, die für eine begrenzte Zeit (vom Frühjahr bis zum Herbst) von den

Waisenhäusern der hessischen Großstädte in Bauernfamilien vermittelt wurden. Dort sollten sich die meist unterernährten Kinder in der gesunden Landluft und bei deftiger Kost erholen. Für manche Bauern waren die Waisenkinder jedoch nur billige Arbeitskräfte, die nach Beendigung der Erntearbeiten im Spätherbst wieder problemlos abgeschoben werden konnten. Sie behandelten die ihnen anvertrauten Buben und Mädchen schlechter als ihr Vieh und trieben sie bei schmalster Kost von früh bis spät zur Arbeit an. Ein solch bedauernswertes Kind war auch der weinende Junge, dessen Tränen jedoch schnell versiegten, als die Förstersfrau eigens für ihn ein Frühstück zubereitete.

Während Förster Schlag und seine Frau mitleidig interessiert dem Kleinen zusahen, wie er heißhungrig Brot, Wurst und Käse in sich hineinstopfte, reifte in ihnen der Entschluß, den Buben seinen hartherzigen Pflegeeltern wegzunehmen und ihm in ihrer Familie ein wirkliches Heim zu geben.

Zu ihrem Bedauern mußten sie jedoch von dem Lehrer erfahren, daß für den Jungen bereits neue Pflegeeltern gefunden worden seien, zu denen er in wenigen Tagen gebracht werde. Der Lehrer versprach den beiden, mit dem Pfarrer von Bobenhausen zu sprechen, der ihnen sicher gern ein Waisenkind vermitteln würde.

Es war bereits kurz vor dem Weihnachtsfest 1921, als die Förstersleute vom Mainzer Jugendamt die Nachricht erhielten, daß sie ein Pflegekind haben könnten, und zwar wahlweise einen Buben im Alter von sechs Jahren oder einen Buben im Alter von neun Jahren.

Förster Schlag und seine Frau waren der Meinung, daß ein sechsjähriger Junge besser zu erziehen sei und sich wahrscheinlich besser eingewöhnen würde als ein neunjähriges Kind, zumal sie nicht daran dachten, es im Herbst wieder ins Waisenhaus zurückzuschicken. So fiel ihre Wahl auf mich – und nicht auf meinen Bruder Willi.

Eine neue Heimat

Am 9. Januar 1922 wurde ich in das Büro des Waisenhausvaters gerufen. Dort begrüßte mich die freundliche Fürsorgeschwester, die ich schon öfters im Waisenhaus gesehen hatte. Sie sagte mir, sie würde mich jetzt mitnehmen und zu Pflegeeltern bringen.

Was ich bei dieser Eröffnung empfunden habe – ob Freude darüber, endlich von hier wegzukommen, oder eher Schmerz, weil mein Bruder zurückbleiben mußte, oder auch von beidem etwas –, ich weiß es nicht mehr. Wahrscheinlich waren meine Gefühle durch das bisher Erlebte schon so abgestumpft, daß ich ohne irgendeine Regung einfach mitgegangen bin.

In Mainz wurde ich erst einmal von Kopf bis Fuß neu eingekleidet. Als von den Schuhen bis zur Zipfelmütze alles Notwendige eingekauft war, nahm mich Schwester Grete mit in ihre Wohnung. Das war eine Wohnung, wie ich noch nie eine gesehen hatte: Große Zimmer mit schönen Möbeln, überall auf den Fußböden lagen bunte, weiche Teppiche – und dann das Badezimmer! Eine große Wanne, bunte Fliesen und blitzende Armaturen. Ich hatte bis dahin gar nicht gewußt, daß es so etwas Schönes geben könnte. Da machte mir sogar die sonst eher lästige Reinigungsprozedur Spaß, zumal die Schwester gleich mitbadete und mit mir ausgelassen planschte.

Nach dem Abendessen nahm Schwester Grete mich mit in ihr herrlich weiches Bett, und ich durfte mich ganz dicht an sie kuscheln. Soviel herzliche Zuwendung hatte ich schon lange nicht mehr erfahren! Nachdem ich auch noch einen liebevollen Gutenachtkuß bekommen hatte, bin ich glücklich eingeschlafen.

Am anderen Morgen mußten wir sehr früh aufstehen, um den Zug nach Frankfurt zu erreichen. Fröstelnd und stumm gingen wir zum Hauptbahnhof. Die schneeglatten Straßen lagen noch im fahlen Licht der Gaslaternen, und nur wenige Passanten huschten eilig an uns vorbei.

Die lange Fahrt mit dem Bummelzug habe ich größtenteils, an Schwester Grete gelehnt, verschlafen. Durch die beschlagenen Abteilfenster war ohnehin von der wintergrauen Landschaft nicht viel zu sehen. Als wir endlich nach zweimaligem Umsteigen an unserer Endstation Freienseen angekommen waren, dunkelte es bereits.

Vor der kleinen dörflichen Bahnstation wartete schon ein Bauer mit einem Pferdeschlitten auf uns. Er war in ein so dickes Schafsfell eingewickelt, daß von ihm nicht viel zu erkennen war – außer seinem reifüberzogenen, langen Schnurrbart und einer krummen Pfeife. Auch für uns lagen Felle bereit, in die Schwester Grete sich und mich fest einwickelte. Dann zogen die kräftigen Bauernpferde an, um uns zum Forsthaus Petershainer Hof zu bringen.

Die Fahrt ging auf einem kaum erkennbaren Weg immer bergauf, an tief verschneiten Wiesen vorbei und durch dunkle Fichtenwälder, in denen nur ein schmaler Streifen des mondhellen Himmels zu sehen war.

Noch nie war ich nachts in einem Wald gewesen, und ich hatte das Gefühl, daß etwas Bedrohliches aus dem Dunkeln auf mich zukriechen würde. Deshalb schmiegte ich mich schutzsuchend ganz dicht an Schwester Grete. Auch der Gedanke an all das Unbekannte, das vor mir lag, erfüllte mich mit Angst, so daß ich kaum auf das lustige Klingkling-Klingkling des Schlittengeläutes achtete. Dazu kam das bittere Wissen um den unabwendbaren Abschied von der liebevollen Schwester Grete, das mir schon jetzt das Herz zusammenpreßte und mir heimliche Tränen in die Augen trieb. Wie gern wäre ich immer bei ihr geblieben in ihrer schönen Mainzer Wohnung.

Ankunft

Endlich kam der Schlitten vor einem einsam liegenden Gehöft zum Stehen. Auf der von einer Sturmlaterne nur schwach erleuchteten Treppe stand die Försterfamilie schon zur Begrüßung bereit – Vater und Mutter Schlag, die fünfzehnjährige Tochter Karlinchen, der elfjährige Sohn Erwin und die achtzehnjährige Nichte Kätchen.

Mutter Schlag kam sofort zum Schlitten geeilt, befreite mich von dem Schafsfell und trug mich auf ihren Armen in das große gemütliche Wohnzimmer, das von einer Petroleumlampe mit buntem Glasschirm erhellt war. Auf einem langen Tisch stand schon ein warmes Abendessen bereit. Unser Kutscher war nach einem wärmenden Schnäpschen gleich in sein Dorf weitergefahren.

Nach dem Essen setzte Mutter Schlag mich auf eine große, braun gestrichene Holztruhe, die direkt neben dem Kachelofen

stand, von dem eine wohlige Wärme ausging. Unter den neugierigen Blicken von Karlinchen und Erwin begann sie mich auszuziehen. Als sie vor mir kniend meine Strümpfe abstreifte, entfuhr ihr beim Anblick meiner von unzähligen Frostbeulen entstellten Füße ein unterdrückter Schrei mitleidigen Entsetzens. Schwester Grete erklärte ihr, daß ich bisher kaum Schuhe gekannt hätte und auch im Schnee barfuß hätte laufen müssen. Sofort ließ Mutter Schlag ungesalzenes Schweinefett holen, schmierte meine Füße dick damit ein und verband sie mit weichen Mullbinden.

Nachdem mir ein langes Nachthemd übergestreift worden war und ich allen „Gute Nacht" gesagt hatte, trug sie mich nach oben in mein Zimmer und legte mich in ein Kinderbett, das schon von einer Wärmflasche mollig angewärmt war. Bevor sie ging, betete sie mit mir ein kindliches Nachtgebet (es war das erste, das ich je gehört hatte) und gab mir einen Gutenachtkuß.

In dieser ersten Nacht auf dem Petershainer Hof muß ich wohl gut geschlafen haben, denn als mich Kätchen am anderen Morgen aufweckte, schien die Sonne schon ins Zimmer; trotzdem war es in dem unbeheizten Raum so kalt, daß mein Atem an der Bettdecke eine Reifschicht gebildet hatte.

In der warmen Küche wusch Kätchen mir Gesicht und Hände mit eiskaltem Wasser, wickelte die Mullbinden von meinen Füßen und kleidete mich an. Die überlangen Strümpfe und der bunte Pullover waren aus dicker Schafwolle gestrickt. Die grobe Wolle kratzte aber derart auf meiner Haut, daß ich die Strümpfe am liebsten gleich wieder ausgezogen hätte.

Nachdem Kätchen mich nochmals kritisch gemustert hatte, kniete sie sich so vor mich hin, daß sie mir in die Augen sehen konnte und sagte: „Hänschen, paß auf! Wenn gleich mein Onkel und meine Tante in die Küche kommen, dann sagst du artig: ‚Guten Morgen Mutter und guten Morgen Vater!'" Das tat ich dann auch und wurde von beiden herzlich umarmt und geküßt. Auch Karlinchen und Erwin gaben zu erkennen, daß ich als kleiner Bruder akzeptiert sei.

Während wir am Frühstückstisch saßen, vermißte ich plötzlich Schwester Grete. Auf meine Frage, ob sie noch schlafe, erfuhr ich, daß sie schon sehr früh von dem Bauern, der uns am Tag zuvor gebracht hatte, zur Bahnstation gefahren worden sei. Sie habe nicht gewollt, daß ich extra geweckt würde.

Wohl in der Absicht, mich von meinem Trennungsschmerz abzulenken, nahm Vater Schlag mich auf den Arm und ging mit mir in den Kuhstall. Noch nie hatte ich Kühe so bedrohlich nahe gesehen. Die riesigen Tiere, mit ihren langen Hörnern, den Glotzaugen und ihren breiten Mäulern, flößten mir eine solche Furcht ein, daß ich mich zitternd an Vater Schlag klammerte und mein Gesicht an seine Schulter preßte. Später habe ich oft über meine Angst bei der ersten Begegnung mit diesen gutmütigen Tieren lächeln müssen.

Die ersten Tage in meiner neuen Heimat vergingen sehr schnell. Alle waren freundlich um mich bemüht, und besonders Erwin gefiel sich in der Rolle des großen, allwissenden Bruders. Als erstes zeigte er mir immer wieder, wie ich beim Gehen meine Füße stellen müsse, um nicht zu stolpern. Die schweren Nagelschuhe waren für mich noch immer schmerzhafte Prothesen, in denen ich mich anfangs nur mit unbeholfenen, sichelnden Schritten fortbewegen konnte.

Nachdem ich diese schwierige Sache einigermaßen zu seiner Zufriedenheit beherrschte, machte er mich mit den übrigen Tieren, die es hier gab, vertraut. Im Hof und auf dem großen, dampfenden Misthaufen scharrten viele Hühner unter der Aufsicht eines stolzen Hahnes mit bunten, gebogenen Schwanzfedern. Zwischen der Hühnerschar watschelten mehrere Enten und trippelten einige Tauben. In einem angebauten Holzstall standen acht Schafe, die uns dumm anblökten.

Der scharfe Geruch von Kuhdung und Schafmist war mir

schon sehr unangenehm; als Erwin dann auch noch die Tür zu dem Schweinestall öffnete, weil ich mir die Tiere aus der Nähe ansehen wollte, schlug mir ein so entsetzlicher Gestank entgegen, daß ich mir die Nase zuhalten mußte.

Nachmittags tobten Erwin und ich ausgelassen in dem makellosen Schnee herum. Auch Dackel „Waldmann“ war mit von der Partie. In dem tiefen Schnee war von dem Krummbeiner meist nur die Schwanzspitze zu sehen. Als wir müde waren, setzte Erwin mich auf einen Rodelschlitten und sauste mit mir unzählige Male einen Hang hinunter. Für mich war das ein solcher Riesenspaß, daß ich nicht einmal auf meine schmerzenden Füße achtete. Erst als ich mit frostgerötetem Gesicht und tropfender Nase wieder auf der Holztruhe neben dem warmen Ofen saß, wurde der Juckschmerz unerträglich.

Nach dem Abendessen saß die ganze Familie, um die Petroleumlampe geschart, gemütlich beisammen. Mutter Schlag und Kätchen strickten lange Strümpfe, Vater Schlag kramte in seinen Akten. Erwin las ein scheinbar spannendes Buch. Karlinchen hatte sich zu mir auf die Holztruhe gesetzt und las mir solange aus einem Märchenbuch vor, bis ich ins Bett mußte.

Über all den neuen Eindrücken des Tages hatte ich nach Kinderart meinen morgendlichen Kummer über die Abreise von Schwester Grete vollkommen vergessen. Jetzt, in dem dunklen stillen Zimmer, brach der ganze Jammer wieder über mich herein. Ich hatte plötzlich ein entsetzliches Heimweh nach meiner Mutter, nach meinem Bruder Willi und nach Schwester Grete.

Erwin war längst wieder in der etwa zehn Kilometer entfernten Kreisstadt, wo er die Realschule besuchte. Wegen der großen Entfernung wohnte er dort bei einem mit der Familie befreundeten Uhrmacher und kam nur über das Wochenende heim. So mußte ich eben alleine mit Waldmann auf Entdeckungsreise gehen. Warm verpackt stapfte ich durch den tiefen Schnee, versuchte vergeblich in der etwas abseits liegenden Getreidescheune, mit lebhafter Unterstützung von Waldmann, eine der vielen halbwilden Katzen zu fangen, oder wir rodelten auf dem weniger steilen Hang vor dem Hof.

Die meiste Zeit trottete ich jedoch hinter einem der Erwachsenen her, die alle so schrecklich beschäftigt waren. Ich kann mir gut vorstellen, daß ich sie mit meinem pausenlosen Gerede und meiner ewigen Fragerei ganz schön genervt habe. Dabei gab es erhebliche Verständigungsschwierigkeiten, die oft zu drolligen Verwechslungen führten. Während sich die ganze Familie über meinen unverfälschten Mainzer Dialekt amüsierte, verstand ich von der hart-holpernden Vogelsberger Mundart anfangs nicht ein Wort. Die Hauptleidtragende meiner Anhänglichkeit war Mutter Schlag, an der ich bald wie eine Klette hing. Mit liebevoller Geduld ging sie auf meine Fragen ein und verlor nur ganz selten ihren Gleichmut, wenn ich ihr bei der Arbeit allzu lästig wurde.

Mutter Schlag war damals 39 Jahre alt, hatte aber schon schneeweiße Haare, zu denen ihr frisches, bäuerliches Gesicht einen eindrucksvollen Kontrast bildete. Sie war die Tochter eines Großbauern aus Hausen bei Gießen.

Großvater war ein stattlicher, Ehrfurcht einflößender alter Herr. Er trug einen peinlich gepflegten, in zwei Spitzen auslaufenden weißen Vollbart, gleich dem Barte des damaligen preußischen Großadmirals Tirpitz. Seine Frau war eine eher zarte, stille und unauffällige Erscheinung.

Mutter Schlag hatte noch drei Geschwister: einen älteren Bruder Schorsch und die jüngeren Schwestern Luise und Marie. Der Onkel und die Tanten kamen hin und wieder zu uns zu Besuch, und auch Mutter Schlag nahm mich manchmal mit, wenn sie ihre Eltern und Geschwister besuchte.

Eine Besonderheit bei einem der Besuche im großelterlichen Haus ist mir in Erinnerung geblieben. Zum sonntäglichen Mittagsmahl versammelte sich die ganze Familie mit dem Hofgesinde um eine riesige Tafel. Am Kopfende thronte, wie ein alttestamentarischer Patriarch, der Großvater, während alle anderen mit gesenkten Häuptern vor ihren Tellern standen. Nachdem Großvater ein längeres Tischgebet gesprochen hatte, mußten alle Tischgenossen, auch wir Kinder, nacheinander ein eigenes Gebet sprechen. Es waren viele, und mir dauerte das alles viel zu lang, so daß ich immer ungeduldiger – und kein bißchen andächtig – zu den dampfenden Speisen hinschielte.

Vater Schlag war zwar ein Jahr älter als seine Frau, wirkte aber mit seiner kurzen, schwarzhaarigen Mittelscheitelfrisur, dem roten, gepflegten Bürstenschnurrbart und seiner gesunden Gesichtsfarbe wesentlich jünger. Wenn auch in Hessen geboren, verkörperte er sowohl in seiner äußeren Erscheinung als auch seiner Wesensart nach ganz den Typ eines korrekten preußischen Beamten. Mit unnachgiebiger Konsequenz und mit einer für mich mitunter schmerzhaften Überzeugungskraft war er bemüht, auch mich zu einem disziplinierten Verhalten, zur peinlichen Ordnung und zur bedingungslosen Ehrlichkeit zu erziehen. Seine Vaterliebe erwies er mir in gleichem Maße wie seinem leiblichen Sohn Erwin.

Für mich gab es auf dem Hof schon bald nichts Neues mehr zu entdecken, so daß ich mich mehr und mehr langweilte. Wenn mir einmal nichts mehr einfallen wollte, was ich hätte treiben können, besuchte ich unsere einzigen Nachbarn. Es war die

Familie des Waldwärters. Sie wohnte in Sichtweite vom Forsthaus in einem kleineren Gehöft auf dem Rücken einer Anhöhe.

Der Waldwärter hatte zwei erwachsene Töchter, Marie und Guste. Außerdem war da noch eine sehr alte Oma, die von allen „Äller" gerufen wurde, was wohl „die Ältere" bedeuten sollte.

Mit der Äller verstand ich mich von Anfang an. Sie hatte immer Zeit für mich. Während sie Gerstenkörner zum Rösten von Malzkaffee und Hülsenfrüchte für die Suppe verlas, wobei ich ihr helfen durfte, erzählte sie mir mit ihrem dünnen Altweiberstimmchen unablässig irgendwelche Geschichten. Dabei hatte sie immer etwas für mich zum Naschen: Alte Plätzchen von Weihnachten, ein Riesenstück Rosinenkuchen oder saftige Bratäpfel. Da machte es mir gar nichts aus, daß ich von ihren Geschichten nur wenig verstehen konnte.

Ostern

Endlich war der Winter mit seinen Schneemassen, dem klirrenden Frost und den langen, dunklen Nächten zu Ende gegangen.

Als wir am 1. Osterfeiertag am morgendlichen Kaffeetisch saßen, rief Erwin plötzlich: „Ich habe gerade gesehen, wie der Osterhase draußen am Fenster vorbeigelaufen ist; laß uns schnell nachsehen, ob er für dich ein paar Eier gelegt hat!"

Das ließ ich mir natürlich nicht zweimal sagen. Mit etwas Unterstützung von Erwin fand ich unter einem kleinen Strauch tatsächlich ein großes Nest mit bunten Eiern, Bonbons und Schokolade. Das waren die ersten Ostereier, die ich in meinem Leben sah, und ich war überglücklich, daß sie mir ganz alleine gehören sollten.

Nachdem alle Tiere gefüttert waren, machte sich die ganze Familie im Sonntagsstaat auf den Weg nach Bobenhausen, um in der dortigen Pfarrkirche den Ostergottesdienst zu feiern.

Auf dem langen Marsch durch den Wald meinte Erwin: „Es könnte doch sein, daß der Osterhase bei seinen Sprüngen einige Eier aus seiner Kiepe verloren hat. Wenn ich du wäre, würde ich mich am Wegrand ein bißchen umsehen!" Erwin hatte richtig vermutet. Ich fand zu meiner Freude wirklich einige Eier, deren Schalen durch den Sturz aus der Hasenkiepe etwas gesprungen waren. Daß Erwin uns eine Zeitlang voraus gelaufen war, hatte ich überhaupt nicht bemerkt.

Mein erster Ostergottesdienst wird mir immer in Erinnerung bleiben. Anfangs war ich vollauf damit beschäftigt, mich in der großen Kirche umzuschauen. Die feierlich dreinblickenden Männer und Frauen in ihren Festtagskleidern, die großen Bildnisse von Martin Luther und seinem Freund Philipp Melanchthon links und rechts neben der Kanzel – und nicht zuletzt der Pfarrer im langen, schwarzen Kleid mit einem zweigeteilten weißen „Schlabberlatz" am Hals.

Das alles war ungemein interessant für mich. Doch immer, wenn ich Karlinchen meine Entdeckungen mitteilen und Fragen stellen wollte, bekam ich von ihr einen Knuff in die Seite und ein unwilliges „Pst, Pst" zu hören. Schließlich wurde mir die Sache langweilig, und ich beschloß, meine Zipfelmütze, die mir beim Eintritt in die Kirche vom Kopf genommen worden war, wieder aufzusetzen. Prompt nahm Karlinchen mir die Mütze vom Kopf – und prompt setzte ich sie wieder auf.

Das Spiel wurde abrupt damit beendet, daß Karlinchen mir eine schallende Ohrfeige gab und sich demonstrativ auf meine Mütze setzte. Mir blieb nichts anderes übrig, als über die Ungerechtigkeit nachzudenken, daß Karlinchen, wie alle Frauen in der Kirche, trotz ihrer langen Haare ihren Hut aufbehalten durfte, während ich mit meinem kahlgeschorenen Kopf frieren sollte.

Besuch im Dorf

Am 2. Osterfeiertag marschierte Erwin mit mir nach dem drei bis vier Kilometer entfernten Dörfchen Kölzenhain, damit ich meinen zukünftigen Schulweg kennenlernte. Außerdem wollte er mich dem Lehrer vorstellen und mir die Schule zeigen.

Wir gingen lange auf einem ansteigenden grasbewachsenen Feldweg an einem dunklen Fichtenwald entlang, bis plötzlich ganz unvermutet das Dörfchen wie ein verstecktes Hasennest tief unter uns in einem engen Tal zu sehen war. Tatsächlich wurde Kölzenhain von den Bewohnern der Nachbargemeinden spöttisch „Hasennest" genannt. Erwin zeigte mir schon von der Höhe aus die Schule, die sich durch ihren schmutziggrauen Putz und durch große Fenster deutlich von den Fachwerkhäusern des Dorfes unterschied.

Lehrer Schuster wohnte mit seiner Familie im Schulhaus über dem Schulsaal. Erwin hatte auf dem langen Weg hierher keinen Hehl daraus gemacht, daß er den Lehrer nicht mochte. Natürlich ließ er sich dem Lehrer gegenüber von seiner Antipathie nichts anmerken und stellte mich als seinen Bruder vor, der ganz versessen darauf sei, Lesen und Schreiben zu lernen. Als der große Mann mit dem kurzen Bürstenhaar mich von oben herab durch seine dickglasige Nickelbrille eindringlich musterte, wurde mir ganz beklommen ums Herz. Ich gab Erwin heimlich Recht, mir war der Herr Lehrer auch nicht sympathisch.

Bei der anschließenden Besichtigung des Schulsaales interessierte ich mich eigentlich nur für das große Bild an der Wand hinter dem Lehrerkatheder, auf dem langhaarige, notdürftig mit Fellen bekleidete Männer und Frauen zu sehen waren. Erwin erklärte mir, das seien Chatten, die Ureinwohner von Hessen, wie sie auf der höchsten Erhebung des Vogelsgebirges, dem Taufstein, von Bonifatius getauft werden.

Auf dem Heimweg erzählte er mir dann ganz ausführlich die

Geschichte von Bonifatius, dem Apostel der Deutschen, der in der nicht weit entfernten Stadt Fulda begraben sei. Das war für mich so spannend, daß ich meine Füße erst spürte, als wir wieder zu Hause waren.

Bevor Erwin wieder nach Schotten zur Schule mußte, ging er noch einige Male mit mir nach Kölzenhain und machte mich nach und nach mit den 182 Einwohnern bekannt, denen er mich als seinen neuen Bruder vorstellte.

Für mich war das Dorf eine völlig neue Welt. Dicht nebeneinander liegende Bauernhöfe mit großen Stallungen und Scheunen, dazwischen eine Getreidemühle, deren großes Wasserrad laut platschend von dem durch das Dorf fließenden Bach angetrieben wurde. Keine Straßenbahn und keine eilenden Menschen wie in Mainz! Überall nur gackernde Hühner, schnatternde Gänse und Enten und ab und zu aus den Ställen das dumpfe Muhen von Kühen. Über allem hing wie eine Glocke der Geruch von vielen dampfenden Misthaufen.

Erwin hatte mir schon vor unserer ersten Visite gesagt, daß die Dorfbewohner allen Fremden zunächst mit mißtrauischer Zurückhaltung begegnen würden. Ich wurde jedoch in jedem Haus mit freundlichem Interesse begrüßt und überall wohlwollend als „Hoop Hans“ (als Hans vom Hof) akzeptiert. Einmal streichelte eine alte Frau meinen Kopf und sagte freundlich: „Bübchen, du mußt aber einen guten Gott haben, daß du so liebe Eltern und eine so schöne neue Heimat gefunden hast.“

Über die gütigen Fügungen Gottes habe ich damals mit Sicherheit noch nicht nachgedacht. Mir war, als hätte ich schon immer hier gelebt. Ich wurde im Dorf nicht nur der „Hofhans“ genannt, ich war es auch. Für mich steckte meine neue Heimat voller Geheimnisse, die es zu entdecken galt.

Der Petershainer Hof

Der Petershainer Hof war auch nach dem Wechsel in den Besitz der Forstbehörde der Bauernhof geblieben, als der er im Jahre 1818 erbaut worden war.

Wohnhaus, Kuh- und Schweinestall lagen unter einem Dach, was sich besonders bei schlechtem Wetter und im Winter als sehr angenehm erwies, da die Stallungen direkt von der Küche aus über einen kleinen Vorraum erreicht werden konnten.

Der Wohntrakt entsprach im Zuschnitt und in der Einrichtung weitgehend den Bauernwohnungen der damaligen Zeit. Lediglich im Wohnzimmer ließen die an den Wänden hängenden Jagdtrophäen, wie Rehbockgehörne und zwei präparierte Vögel (ein Bussard und eine Schleiereule) erkennen, daß hier ein Förster sein Domizil hatte. Außergewöhnlich war ferner ein Klavier, auf dem Karlinchen, die in Schotten Unterricht bekam, ab und zu spielte. Im Zusammenhang mit diesem Klavier erinnere ich mich an eine lustige Geschichte, die mich heute noch schmunzeln läßt.

Wir saßen alle gemütlich in der Küche beim sonntäglichen Nachmittagskaffee, als plötzlich auf dem Klavier geklimpert wurde. Es waren laute, aber ungeordnete Töne. Wir sahen uns verdutzt an; keiner fehlte. Wer machte sich da wohl am Klavier zu schaffen?

Vater Schlag ging hinüber zum Wohnzimmer – und begann plötzlich laut zu lachen. Vor dem offenen Klavier stand eine unserer Kühe und tippte mit ihrem breiten Maul auf die Klaviertasten, wobei sie natürlich jedesmal mehrere Tasten erwischte. Bei jedem Ton wich sie zwar erschreckt zurück, probierte es aber immer wieder. Die Kuh war über die Haustreppe durch die offene Haus- und Wohnungstür unbemerkt hereingekommen; den Klavierdeckel hatte Karlinchen nach ihrem Morgenkonzert wohl zu schließen vergessen.

Das Tier wieder auf dem glatten Fußboden ins Freie zu bekommen, war ein Problem. Als wir es mit gutem Zureden und sanftem Ziehen und Schieben fast geschafft hatten, hob sie ihren Schwanz und ließ noch im Zimmer einen dicken Kuhfladen fallen.

Neben dem Wohnzimmer lag das etwas kleinere elterliche Schlafzimmer, das durch eine Wandöffnung neben dem großen Ofen im Winter vom Wohnzimmer aus mit beheizt wurde.

In dem großen Hausflur stand in einer Nische, zwischen der Treppe zum Obergeschoß und der Tür zum Keller, ein vorsintflutartiger, schwerer Eisschrank, in dem Vater Schlag seinen Kognak aufbewahrte. Gekühlt wurde er mit großen Eisbrocken, die regelmäßig eine Brauerei aus Ulrichstein lieferte.

Die hofwärts gelegene Küche war, entsprechend der Zeit, optimal eingerichtet. Außer der üblichen Kücheneinrichtung wie Kochherd, Schrank, Wandborden, Tisch und Stühlen, gab es einen eingemauerten Waschkessel, der eine ganze Seite einnahm. In diesem Kessel wurde nicht nur die Wäsche gewaschen, sondern im Herbst auch das Zwetschenmus gekocht und – wenn ein Schwein geschlachtet worden war – auch die Wurst und ein Teil des Fleisches.

Über der Küche lag das Schlafzimmer von Karlinchen und dahinter, über dem Vorraum zum Kuhstall, die Kammer von Erwin und mir. Von hier aus führte eine Tür in ein kleines Zimmer über dem Schweinestall. Dort bewahrte Mutter Schlag Küchengeräte und sonstige Dinge auf, die nicht immer gebraucht wurden. Bewohnt wurde es hauptsächlich von Mäusen, wie man an dem unverkennbaren Geruch beim Eintreten gleich feststellen konnte.

Auf dem geräumigen Speicher wurde die Körnerfrucht wie Weizen, Roggen, Gerste und Hafer in getrennten Haufen gelagert. Das war ein richtiges Schlaraffenland für Mäuse! Darüber hinaus gab es dort noch eine sehr wichtige Einrichtung, nämlich eine große Räucherkammer. Sie war mit Steinen um den Schornstein gemauert und hatte eine Eisentür. Nach dem Schlachten eines Schweines wurden darin die Schinken, Speckseiten und die Wurst geräuchert.

Das Verfahren war sehr einfach: Der Rauch vom Küchenherd und von dem Zimmerofen wurde durch einen Schieber gezwungen, einen Umweg durch die Räucherkammer zu nehmen. Durch die Öffnung unter der Kammerdecke konnte er wieder in den Schornstein abziehen. Während der Räucherzeit durfte nur Buchenholz verbrannt werden. Der Rauch des harzigen Fichtenholzes hätte den Geschmack des Räuchergutes verdorben.

Das Drama mit den Enteneiern

Der Hofplatz war, wie schon erwähnt, von zahlreichen Hühnern bewohnt. Zwischen ihnen lebten auch einige Enten und zeitweise eine Schar Gänse. Die Hühner verbrachten die Nächte in ihrem Verschlag, nach Vogelart auf Stangen sitzend, gut geschützt vor Wieseln, Mardern und anderen nächtlichen Räubern.

Vater Schlag war immer sehr ärgerlich, wenn wieder eines oder gar mehrere Hühner fehlten. Nach der Morgenfütterung verteilten sich die Hühner weit über die umliegenden Wiesen, so daß sie eine leichte Beute von Greifvögeln werden konnten. Merkwürdigerweise traf es ausschließlich die weißen, gelben und bunten Tiere, die schwarzen Minorkas blieben unangetastet.

Vater Schlag hatte dafür eine schlüssige Erklärung. Er war fest davon überzeugt, daß die Greifvögel die schwarzen Hühner mit Raben verwechselten und sie deshalb nicht angriffen. Das war gut möglich. Ich hatte oft beobachtet, wie Raben, die meist im Schwarm unterwegs waren, sich mit Habichten und

Bussarden einen heftigen Luftkampf lieferten. Dabei waren die Greifvögel immer die Verlierer. Vater Schlag ließ künftig nur noch die Eier der schwarzen Minorkas ausbrüten.

Ab und zu bediente sich auch ein Fuchs aus der großen Speisekammer. Vater Schlag hatte das zufällig entdeckt und beschlossen, dem Hühnerdieb das Handwerk zu legen. Er stellte an einer geeigneten Stelle eine Fuchsfalle auf, verankerte sie mit einer Kette fest im Boden und tarnte sie mit Laub und Gras. Auf die Falle legte er ein Stück verfaultes Fleisch, das nicht nur als Köder diente, sondern auch mit seinem ekelhaften Gestank die menschliche Witterung überdecken sollte.

Als ich einmal die Falle kontrollierte, fand ich darin nur den Vorderlauf eines Fuchses. Vater Schlag erklärte mir, wenn ein Fuchs sich nicht anders aus der Falle befreien könne, würde er sich sein Bein selbst abbeißen. Nun müsse er als dreibeiniger Strolch durch die Gegend humpeln. In die Nähe des Hofes würde der sich aber wohl nie mehr trauen.

Den Gänsen war nur ein kurzes Leben beschieden. Im Frühjahr kaufte Mutter Schlag sie als kleine Küken von einem Züchter. Mit einem Gemisch aus kleingeschnittenen Brennnesseln, gekochten Kartoffeln, Kleie und Dickmilch wurden sie aufgepäppelt, schließlich sollten sie in wenigen Monaten ein gesundes Federkleid bilden und viel Fleisch ansetzen.

Ihre Hinterlassenschaften dagegen waren uns allen ein großes Ärgernis. Wenn ich mich ins Gras gesetzt oder gelegt hatte, was ich gern tat, zierten häufig große grüne Flecken mein Hemd und meine Hose. Diese waren auch mit heißem Wasser, Schmierseife und Wurzelbürste nur sehr schwer wieder zu entfernen. An eine Episode habe ich noch besonders schlechte Erinnerungen:

Wenn Mutter Schlag die Bettlaken gewaschen hatte, breitete sie diese auf einer Wiese zum Bleichen aus. Ich sollte dann immer aufpassen, daß die Gänse der Wäsche fernblieben. Als ich wieder einmal Gänsehirt spielte, kam mir der schlaue

Gedanke, daß es doch viel bequemer wäre, mich neben die Wäsche zu setzen, als ständig hinter den Gänsen herzulaufen. Das war sicher ein vernünftiger, doch letztlich ein folgenschwerer Einfall. Kaum hatte ich mich hingesetzt, war ich auch schon fest eingeschlafen.

Geweckt wurde ich durch das mehrstimmige zufriedene „*Wiwiwi Wiwiwi*" der Gänse, die sich alle auf den Bettlaken niedergelassen hatten. Erschreckt fuhr ich hoch und jagte die Gänse von der Wäsche herunter. Leider zu spät! Die vorher makellos weißen Tücher waren bereits über und über grün eingefärbt. Das von Mutter Schlag anschließend auf mich herabprasselnde Donnerwetter war schlimmer als eine Tracht Prügel, zumal sie mich tagelang keines Blickes mehr würdigte.

Kurz vor Winteranfang wurden alle Gänse an einen Händler verkauft. Der kam selbst auf den Hof und tötete alle Tiere durch einen Stich in den Kopf. Nachdem sie gerupft und ausgenommen waren, nahm er sie mit. Zurück blieben nur die Innereien, die Flügel und die Federn.

Leber, Herz und Magen der Tiere dienten als Bereicherung unseres Speisezettels, die Vorderflügel wurden als Handfeger benutzt. Die Federn kamen in unseren Allzweckwaschkessel, in dem durch mäßiges Verbrennen von Zeitungspapier gerade so viel Hitze erzeugt wurde, daß die weichen Daunenfedern nach oben schwebten und sich unter dem Kesseldeckel sammelten. Die schweren Federn und die Kiele blieben auf dem Kesselboden liegen. Die extrem leichten Daunen anschließend in einen Sack zu stopfen, war eine sehr schwierige Arbeit, weil sie beim kleinsten Lufthauch aufwirbelten. Mutter Schlag sah am Ende immer fast selbst wie ein Vogel aus.

Unvergessen ist mir ein Erlebnis, bei dem ein Huhn, eine Gans und einige Entenküken eine lustige Rolle spielten. Mutter Schlag hatte einem brutwilligen Huhn einige Enteneier zum Ausbrüten untergelegt. Als die Entchen ausgeschlüpft und trocken waren, strebten sie unaufhaltsam dem Bachtümpel vor dem Haus zu. Dort angekommen, hopsten sie ganz selbstverständlich in das Wasser und schwammen munter hin und her.

Die Mutter rannte fassungslos am Ufer auf und ab und versuchte mit lautem Glucksen ihre „Kinder“ aus dem vermeintlich tödlichen Naß aufs feste Land zu locken. Als alles Rufen nichts half, flatterte die treue Stiefmutter todesmutig zu ihren Küken und landete glücklich auf dem Rücken einer Gans. Ich habe mich sehr gewundert, daß die Gans ihren heftig flatternd um sein Gleichgewicht ringenden Fahrgast wie selbstverständlich geduldet hat. Als die Entchen, des Schwimmens müde, wieder an Land gingen, brachte auch die Gans ihren Passagier sicher ans Ufer.

Ich hätte zu gerne verstanden, was für eine Strafpredigt die genervte „Entenmutter“ ihren Kindern anschließend gehalten hat.

In der Dorfschule

Die Kölzenhainer Schule war – wie alle Schulen in den kleinen Dörfern – das, was Jahrzehnte später geringschätzig als Zwergschule bezeichnet und leider ausnahmslos abgeschafft wurde. Sie bestand aus einem kleinen Garderobenraum, in dem die Dorfkinder auch ihre Holzpantinen abstellen mußten, einem einzigen Unterrichtsraum und einem kleinen Lehrmittelzimmer.

Eine Toilettenanlage, für Buben und Mädchen durch eine Wand getrennt (natürlich ohne Wasserspülung und ohne Waschgelegenheit!), war in einem hinteren Winkel des Schulhofes untergebracht.

Im Unterrichtsraum standen altertümliche Schulbänke in zwei Reihen, getrennt für Buben und Mädchen. In jeder Bank war ein Tintenfaß eingelassen, doch wurde bis zum achten Schuljahr durchweg die Schiefertafel zum Schreiben und Rechnen benutzt. Klassenarbeiten wurden jedoch in der damals noch gebräuchlichen deutschen Langschrift mit Tinte und Feder in ein Heft geschrieben.

Vor den Bankreihen thronte der Herr Lehrer auf einem Podest hinter seinem Katheder, über dem an der Wand das schon erwähnte Bonifatiusbild hing. An der freien Seitenwand stand ein riesiger Ofen, der im Winter von den älteren Schülern abwechselnd mit Holzscheiten gefüttert werden mußte.

In dem Lehrmittelzimmer war außer den üblichen Schulutensilien wie Landkarten, ausgestopften Vögeln usw. eine Schulbücherei untergebracht, von der auch die Dorfbewohner, besonders im Winter, lebhaft Gebrauch machten.

Von der ersten bis zur achten Klasse gab es in Kölzenhain meist nur insgesamt dreißig schulpflichtige Buben und Mädchen, die gleichzeitig unterrichtet wurden. Von Schuljahr zu Schuljahr waren, entsprechend dem Alter der Kinder, auch die Bänke größer. Pech hatten die Sitzenbleiber: Sie mußten sich mit fortschreitendem Körperumfang in die für sie zu kleinen Bänke zwängen, wo sie für den Rest ihrer Schulzeit kaum noch beachtet wurden.

Der erste Schultag

Ich hatte meinen ersten Schultag mit neugieriger Ungeduld herbeigesehnt. Immer wieder war ich mit Erwins altem Schulranzen auf dem Rücken stolz auf und ab marschiert, hatte die Schreibgriffel auf der Schiefertafel ausprobiert und das Gekritzel mit dem Schwamm und Tafellappen wieder ausgewischt.

Als es dann ernst wurde und ich an der Hand von Karlinchen zur Einschulung nach Kölzenhain gehen mußte, kroch langsam ein dumpfes Angstgefühl in mir hoch, das mir die Beine schwer und schwerer machte und meine sonst so munteren Reden verstummen ließ. Wenn Karlinchen meine Hand nicht festgehalten hätte, wäre ich bestimmt weggelaufen, um mich im Wald zu verstecken.

Karlinchen hatte wohl meinen Seelenzustand erkannt, denn sie bemühte sich pausenlos, mir die Schule in den schönsten Farben zu schildern. Doch erst ihr überzeugendes Argument „Wer nichts gelernt und nichts behalten, der bleibt ein Rindvieh allenthalben!“ konnte mich von der Notwendigkeit, in die Schule zu gehen, überzeugen.

Im Schulhof gab mir Karlinchen eine große Tüte mit Bonbons, drückte mich noch einmal aufmunternd und überließ mich dann meinem Schicksal. Wenig später saß ich mit einigen anderen Schulanfängern in einer der vordersten Bänke. Der Herr Lehrer rief uns einzeln beim Namen, worauf wir aufspringen und laut „hier“ schreien mußten. Ein kurzes Gebet, das ein älterer Schüler im Hintergrund sprach, und dann ging es zur Sache.

Mit wichtiger Miene hatten wir unsere Tafeln ausgepackt und versuchten nun, mit verkrampften Fingern, den ersten Buchstaben von der Wandtafel abzuschreiben. Dabei mußten wir dem Lehrer im Chor nachsprechen: „Auf – ab – auf, Pünktchen drauf, das ist ein iii!“ Das machte richtig Spaß, und manche waren mit einer solchen Begeisterung dabei, daß die Tafel quietschte und der Schreibgriffel durchbrach. Schon nach einer Stunde war unser erster Schulunterricht vorbei, und wir durften heimgehen.

Karlinchen hatte auf mich gewartet, um mich wieder nach Hause zu bringen. Ich rannte auf sie zu und verkündete stolz: „Jetzt kann ich schon lesen und schreiben! Ich werde doch kein Rindvieh bleiben!“

Ich gewöhnte mich sehr schnell an das frühe Aufstehen und den langen Schulweg, den ich schon vom zweiten Tag an alleine zurücklegte. Nachdem es wärmer geworden war, lief ich wieder barfuß. Das war ich gewohnt, und es war auch viel bequemer. Bald hatten meine Fußsohlen eine so unempfindliche Hornschicht, daß ich sogar auf dem Schotterweg mühelos laufen konnte. Vor der Schule mußte ich allerdings die Schuhe wieder anziehen, denn Lehrer Schuster duldete keine Barfüßler im Unterricht.

Nach der Schule trödelte ich meist noch etwas durch das Dörfchen und unterhielt mich mit meinen neuen Bekannten. Verständigungsschwierigkeiten gab es nur in der ersten Zeit. Sehr schnell beherrschte ich drei ganz verschiedene Sprachen: Zu Hause sprachen wir den etwas feineren Dialekt der Gießener Gegend, in der Schule natürlich Hochdeutsch und im Dorf den Kölzenhainer Dialekt, der für das Ohr eines Fremden wie unartikulierte Laute aus grauer Vorzeit klingt.

Außer an den Samstagen wurde grundsätzlich auch nachmittags unterrichtet. Für mich bedeutete dies, daß ich den Schulweg zweimal laufen mußte. Nur bei schlechtem Wetter und im Winter durfte ich während der Mittagspause bei der Familie unserer Magd Emma bleiben. Mutter Schlag revanchierte sich dafür mit Lebensmitteln, denn Emmas Familie war mit nur einer Kuh, zwei Ziegen, einem Schwein und ein paar Hühnern bei weitem nicht wohlhabend.

Im Schneesturm

Im Winter mußte ich mich oft durch meterdicken Schnee, mehr rudernd als gehend, in die Schule und wieder nach Hause quälen. Die Hände tief in den Hosentaschen vergraben, Kopf und Schultern in ein großes wollenes Tuch gehüllt – es war eine kräftezehrende Tortur.

Eines Nachmittags tobte solch ein furchtbarer Schneesturm, daß ich, mich schräg gegen den Sturm stemmend, nur langsam vorwärts kam. Halbblind von dem schmerzhaft ins Gesicht peitschenden Schnee kam ich vom Weg ab und fiel kopfüber in den bis oben hin zugeschneiten Hohlweg. Nur mit Mühe konnte ich mich befreien und kam schließlich wieder ans Tageslicht. Daraufhin kehrte ich um und ließ mich, den Sturm im Rücken, ins Dorf zurücktreiben. In einem der ersten Häuser wohnte mein gleichaltriger Schulfreund Adolf mit seinem Vater und zwei älteren Schwestern, die immer bemüht waren, ihm die verstorbene Mutter zu ersetzen. Hier klopfte ich mit letzter Kraft an die Haustür und wurde schnell in die warme Stube geführt. Ohne viel zu fragen, entledigten mich die beiden Frauen meiner schneeverkrusteten, hart gefrorenen

Sachen, rieben mich mit einem rauhen Handtuch von oben bis unten ab und steckten mich, nachdem ich einen großen Topf mit Lindenblütentee ausgetrunken hatte, in ein warmes Bett.

Zu Hause waren alle wegen meines ungewohnt langen Ausbleibens allmählich so beunruhigt, daß Vater Schlag sich auf den Weg machte, mich zu suchen. Im Dorf angekommen, wurde er von den Schwestern, die mit seinem Kommen gerechnet und am Fenster ständig nach ihm Ausschau gehalten hatten, ins Haus gerufen.

Nachdem Vater Schlag sich etwas aufgewärmt und ich meine inzwischen getrockneten Kleider angezogen hatte, machten wir uns auf den Heimweg. Im Windschatten von Vater Schlag und in seiner Spur ganz dicht hinter ihm gehend hatte ich es erheblich leichter als Stunden zuvor. Trotzdem mußte er mir immer wieder aufhelfen, wenn ich ausgerutscht und im Schnee verschwunden war.

Vom nächsten Tag an machten die Waldarbeiter aus Kölzenhain zu ihrem Arbeitsplatz einen Umweg über den Petershainer Hof, damit ich in ihrer Spur müheloser gehen konnte. Ein Jahr später schenkte Erwin mir seine alten Skier und ließ mich damit so lange üben, bis ich die steile Abfahrt ins Dorf ohne große Schwierigkeit schaffte. So ausgerüstet machte mir der Schulweg auch bei tiefstem Schnee sogar noch Spaß.

Lehrer Schuster

Unser Lehrer Schuster muß, wie viele seiner Dorfschulkollegen, ein wahres „Allround-Talent“ gewesen sein. Als einzige Lehrkraft mußte er schließlich alle Fächer, angefangen von Lesen und Schreiben über Rechnen, Raumlehre, Geschichte und Erdkunde, bis hin zum Gesangs- und Turnunterricht erteilen. Dabei hatte er natürlich den unterschiedlichen Wissensstand der einzelnen Klassen zu berücksichtigen. Wenn er sich mit einer Klasse beschäftigte, arbeiteten die übrigen Schüler selbständig an einer Aufgabe.

Daß er bei dieser Vielfalt der Unterrichtsfächer auch noch Religionsunterricht geben mußte, hat ihn offenbar überfordert. So bezeichnete er die Geschichte von Isaaks Opferung schlicht als idiotischen Quatsch und hieß uns, dieses Kapitel in unserer Schulbibel mit Tinte dick durchzustreichen. Der sogenannte Religionsunterricht beschränkte sich ohnehin auf das Auswendiglernen von Katechismustexten und Kirchenliedern.

Lehrer Schuster hatte neben dem Schuldienst noch einige private Steckenpferde. Er betrieb etwas Landwirtschaft – ein Pferd und die erforderlichen Geräte hatte er bei einem Nachbarn untergestellt –, machte Bodenproben und Zuchtversuche mit Berggräsern. In seinem kleinen Gärtchen neben der Kirche wuchsen damals schon einige Tomatenpflanzen, die im Dorf noch völlig unbekannt waren. Die roten Früchte nannte er Paradiesäpfel.

Zusätzlich betätigte er sich abends meist noch als Rechnungsführer des örtlichen Raiffeisen-Vereins. An den sonntäglichen Gottesdiensten beteiligte er sich als „Organist“ an einem asthmakranken Harmonium.

Wenn vom Türmchen der winzigen Dorfkirche das Abendglöckchen wimmerte, ging er langsamen Schrittes, aufmerksam spähend, durch das Dorf. Wehe, er erwischte noch eines seiner Schulkinder auf der Straße, dann war am anderen Tag eine deftige Strafe fällig.

Strafen war für Lehrer Schuster eine absolute Notwendigkeit der schulischen Erziehung. Je nach der Schwere einer Missetat und nach seiner augenblicklichen Laune gab es verschiedene Arten von Strafen: Nachsitzen, schriftliche Strafarbeiten, schmerzhaftes Hochziehen des Missetäters an den Schläfenhaaren, mehr oder weniger heftige Ohrfeigen und schließlich – was besonders gefürchtet war – Prügel mit dem Rohrstock. Die

Buben mußten sich zur Exekution über eines der vorderen Bänkchen legen. Die Mädchen bekamen lediglich einen kräftigen Schlag mit dem Stock auf beide Handflächen.

Ich hatte gegenüber den Dorfkindern einige Vorteile. Vater Schlag war mit Lehrer Schuster befreundet, und Mutter Schlag achtete ihrerseits darauf, daß ich immer sauber und vor allem ausgeschlafen in die Schule ging. Gutes und höfliches Benehmen gegenüber Erwachsenen war mir schon früh beigebracht worden. Darüber hinaus war ich von meiner Veranlagung her sehr wißbegierig und interessiert, konnte reden wie ein Buch und blieb nur selten eine Antwort schuldig. Mir fiel das Lernen schon deshalb leichter, weil ich bis auf wenige Ausnahmen, zum Beispiel Rechnen und Rechtschreibung, einfach Spaß daran hatte. Ganz wesentlich war auch, daß ich im Gegensatz zu den Bauernbuben zu Hause nie über Gebühr mit körperlicher Arbeit belastet wurde.

Die Mehrzahl der Dorfkinder hatten es dagegen in der Schule weit schwerer. Vor Schulbeginn hatten sie meist schon einige Stunden Arbeit auf dem Hof ihrer Eltern hinter sich. Auch abends kamen sie kaum so rechtzeitig ins Bett, daß sie am anderen Morgen ausgeschlafen sein konnten. Sie saßen dann morgens schon abgespannt und apathisch vor sich hindösend in ihren Bänken.

Höhepunkte im Schulalltag

Ein besonderer Höhepunkt aus meiner Schulzeit ist mir im Gedächtnis geblieben: der Besuch einer Filmvorführung in der Stadt Schotten. Auf einem großen Leiterwagen kutschierte uns ein Bauer nach Schotten. Dort wurde uns in der Gaststube einer Wirtschaft von einem reisenden Filmvorführer der Stummfilm „Der Amazonasstrom“ gezeigt. Das war für uns ein unvorstellbar grandioses Erlebnis. Schnell dahinströmende Wassermassen, Riesenschlangen, Kaimane, schleichende Jaguare, bunte Vögel und nackte Indianer mit Blasrohren zogen uns in ihren Bann.

Es waren die ersten „laufenden Bilder“, die wir zu sehen bekamen. Immer wieder war in dem abgedunkelten Raum ein verhaltenes „Ah!“ und „Oh!“ zu hören. Ohne die laufenden Erläuterungen des Filmvorführers hätten wir von dem Geschehen wohl nur wenig verstanden.

Besonders im Sommer gab es hin und wieder Abwechslungen im monotonen Schulalltag. Wenn es in der Schule gar zu heiß wurde, und uns Kindern immer wieder vor Müdigkeit die Augen zufallen wollten, hatte auch der Lehrer ein Einsehen und gab uns im Wald oder auf einer Wiese unter einem schattenspendenden Baum Naturkundeunterricht.

Manchmal brachte ich auch einen seltenen Käfer oder sonstiges, nicht so bekanntes Kleingetier, das ich auf meinen Streifzügen durch den Wald gefangen hatte, mit in die Schule. Lehrer Schuster war dafür immer dankbar und bei der Artenbestimmung so gründlich, daß die mir so unangenehme Rechenstunde oft total vergessen wurde. War auf dem Stundenplan an einem Tag kein Rechnen vorgesehen, gab es natürlich auch keine Tiere zu erforschen!

Dieses vermeintlich gemeinsame Interesse an der Natur und wohl auch mein höfliches Verhalten ihm gegenüber ließ zwischen Lehrer Schuster und mir, dem Schüler, ein ganz und gar ungewöhnliches Vertrauensverhältnis entstehen. Und doch hätte er auch bei mir des öfteren allen Grund zum Ergreifen seiner drakonischen Erziehungsmaßnahmen gehabt.

Zum Kontrollieren unserer Hausaufgaben ging Lehrer Schuster jeden Morgen, nach links und rechts schauend, durch den Mittelgang. Als mir klar geworden war, daß er dabei, soweit er das bei allen feststellen konnte, nur auf eine vollgeschriebene Tafel und eine unverschmierte Schrift achtete, änderte ich täglich nur die Überschrift auf meiner Tafel und ersparte mir so die zeitraubenden Hausaufgaben.

Das ging lange Zeit gut, bis mir eines Tages ein lähmender Schreck in die Glieder fuhr. Ganz gegen seine Gewohnheit ließ sich Lehrer Schuster einige Aufsätze vorlesen. Ich ahnte Schlimmes und versuchte mich in aller Schnelle mit dem aufgetragenen Thema auseinanderzusetzen. Noch bevor ich meine jagenden Gedanken richtig ordnen konnte, hörte ich schon seine Aufforderung, daß ich meinen Aufsatz vorlesen sollte. Ich sprang auf und begann, die Tafel in der Hand, scheinbar ablesend, mit sehr viel Phantasie und ruhiger Stimme meinen Aufsatz vorzutragen.

Lehrer Schuster klopfte mir im Vorbeigehen anerkennend auf die Schulter: „Ausgezeichnet, mein Lieber!"

Das doppelte Donnerwetter

Insgesamt war ich mit mir und meinem Schulalltag zufrieden, bis zu jenem Tag im September, der zu dem schwärzesten meiner ganzen Schulzeit werden sollte.

Wir hatten als Hausaufgabe eine schwere, für meinen Begriff viel zu schwere, Rechenaufgabe aufgetragen bekommen, deren Lösung mir von vornherein unmöglich schien. Für solche Fälle hatte ich ja meinen Schulfreund Otto, der in Deutsch zwar eine glatte Null war, von allen aber als ein As im Rechnen bewundert wurde. Ihm versprach ich, daß ich ihm zukünftig beim Aufsatzschreiben helfen würde, wenn er mir dafür die Lösungen der Rechenaufgaben geben würde.

Leider war dies ein schlechter Tausch, wie sich herausstellen sollte. Niemand hatte nämlich die Rechenaufgaben fehlerfrei gelöst – außer unser Rechengenie ... und natürlich ich.

Lehrer Schuster fixierte mich lange durch seine dicken

Brillengläser und fragte schließlich: „Hast du die Rechenarbeit abgeschrieben?"

„Nein, natürlich nicht!"

„Dann komm doch mal nach vorn!"

Inzwischen hatte er seinen gefürchteten Rohrstock hervorgeholt, hielt ihn mir vors Gesicht und fragte noch ganz freundlich: „Weißt du, warum du jetzt Prügel bekommst?"

Ich antwortete, mit einem Kloß im Hals: „Weil ich abgeschrieben habe."

„Nein", sagte er. „Weil du gelogen hast!"

Dann mußte ich mich über ein Bänkchen legen, und er mißhandelte mein Hinterteil mit zunehmender Heftigkeit, so daß ich meine Zähne zusammenbeißen mußte, um nicht zu schreien. Bei einem besonders harten Schlag bäumte ich mich so auf, daß die Bank auf dem geölten Boden heftig gegen sein Knie rutschte, das ihm Tage zuvor von seinem auskeilenden Pferd verletzt worden war. Rasend vor Wut riß er mich an meinem Hosenboden hoch und schleuderte mich auf den Boden, immer heftiger auf mich eindreschend, bis er keine Luft mehr bekam.

Bei diesem Gewaltakt war meine hintere Hosennaht in ihrer ganzen Länge aufgerissen und hatte meinen nackten Po freigelegt, sehr zur Erheiterung der schadenfroh kichernden Mitschülerinnen und Mitschüler. Lehrer Schuster schickte mich dann, noch immer ganz außer Atem, zu seiner Frau, sie möge mir die Hose wieder zunähen.

Während die Frau Lehrer, hinter mir kniend, meine Hose wieder zusammennähte, fragte sie beiläufig nach dem Grund der Prügelstrafe.

Kleinlaut antwortete ich: „Weil ich gelogen habe."

„Ja, ja", meinte sie nun voller Überzeugung, „dann hast du die Strafe auch verdient. Lügen muß streng bestraft werden, denn wer lügt, der stiehlt auch irgendwann."

Das hätte sie nicht sagen dürfen. In mir stieg eine so mörderische Wut auf, daß ich sie hätte umbringen können. Ich bestand darauf, daß sie mir sofort meine Ersatzkleider aushändigte, die ich auf Geheiß von Mutter Schlag bei ihr deponiert hatte, falls ich auf dem Schulweg einmal völlig durchnäßt würde. Die Kleider brachte ich zur Mutter unserer Magd Emma und ging dann erst wieder in die Schule zurück.

Am Ende der Unterrichtsstunde übergab mir Lehrer Schuster mit einem hämischen Grinsen einen an Vater Schlag adressierten Brief, mit der strengen Anweisung, ihm diesen sofort nach meiner Heimkehr auszuhändigen. Ich wußte natürlich, daß mir dieser Brief weiteren Ärger bringen würde, und überlegte, wie ich das zu erwartende Donnerwetter hinauszögern könne. Da fielen mir Mutters Schuhe ein, die bei unserem Schuhmacher in dem Nachbardorf Feldkrücken zur Reparatur waren.

So kam ich erst mit anderthalbstündiger Verspätung zu Hause an und wurde gleich von Mutter Schlag auf die Weide geschickt, wo der Vater auf das grasende Vieh aufpaßte. Immer ungeduldiger hatte er nach mir Ausschau gehalten, weil er sich mit dem Bürgermeister von Kölzenhain wegen einer Holzversteigerung verabredet hatte. Er war so ärgerlich über die Verspätung, daß ich nicht den Mut hatte, ihm den Brief des Lehrers zu geben. Erst später stellte ich den Brief auf seinen Schreibtisch.

Als ich am Abend im Wohnzimmer mit meinen Schularbeiten beschäftigt war, kam Vater Schlag mit einem Unheil verheißenden Gesichtsausdruck und einem Bündel fingerdicker Stöcke ins Zimmer. Er hatte im Dorf zufällig meinen Lehrer getroffen, der ihm brühwarm das nachmittägliche Geschehen geschildert hatte. Wortlos las er den Brief, und dann fing er übergangslos an, einen Stock nach dem anderen auf mir zu zerschlagen.

An diesem Tag gab es kein Abendessen und am anderen Morgen kein Frühstück. Hungrig, verzweifelt und mit schmerzendem Körper machte ich mich auf den Weg zur Schule. Beim Anblick von Lehrer Schusters „Höhengras-

Versuchsgärtchen", das er neben meinem Schulweg auf der Anhöhe angelegt hatte, glaubte ich ein geeignetes Objekt gefunden zu haben, meinen brennenden Rachedurst etwas stillen zu können. Nachdem ich mein Zerstörungswerk beendet hatte, war in dem Mustergärtchen nur noch die kahle Erde zu sehen. Gräser und Namensschildchen hatte ich beim Weitergehen verstreut.

In der Schule angekommen, fragte mich Lehrer Schuster mit einem scheinheiligen Lächeln: „Na, was hat denn dein Vater zu meinem Brief gesagt?"

Ich sprang von meinem Platz auf, fixierte das Haupt des taufenden Bonifatius – und schwieg. Alle Bitten und Drohungen des Lehrers prallten an mir ab. Fortan ging ich pünktlich zur Schule, machte ordentlich meine Hausaufgaben, rechnete und schrieb während des Unterrichts wie alle anderen auch, aber ich blieb auf alle Fragen des Lehrers stumm.

Meine äußerlichen Wunden und blauen Flecken waren zwar bald verheilt, ich war aber bis in die tiefste Tiefe meiner Seele so sehr verletzt worden, daß ich alle Menschen haßte und mir fest vornahm, mit niemandem mehr zu sprechen. Daß ich hin und wieder eine Tracht Prügel bezog, wenn ich das Pech hatte, erwischt zu werden, war für mich nichts Besonderes. Das war wie die Absolution nach einem Vergehen, danach wurde nicht mehr darüber gesprochen. Daß aber der Lehrer, nachdem er mich selbst schon bestialisch mißhandelt hatte, noch Vater Schlag derart aufhetzte, war für mich grausamer Sadismus. Auch die Reaktion von Vater Schlag auf meine Lüge in der Schule, für die ich schon mehr als gründlich gestraft worden war, konnte ich nur als Grausamkeit empfinden. Deshalb konnte auch er mir für lange Zeit kein einziges Wort mehr entlocken.

So kam das Weihnachtsfest heran. Wie oft um diese Zeit, herrschte am Heiligabend ein Wetter, bei dem keiner freiwillig das Haus verließ. Der Wind heulte beängstigend und türmte den Schnee zu meterhohen Wehen auf.

Wir saßen im gemütlich warmen Wohnzimmer, als mehrmals laut an einen Fensterladen geklopft wurde. Keiner konnte sich denken, wer bei diesem Unwetter auf den einsamen Hof kommen könnte. Als die Tür geöffnet wurde, kam eine mit Schnee bedeckte, bis auf die Augen vermummte Gestalt herein, die auf dem Rücken, wie St. Nikolaus, einen gefüllten Sack trug.

Nachdem der späte Besucher sich im Flur den Schnee abgeklopft und den Wollschal vom Gesicht genommen hatte, entpuppte er sich als mein Lehrer Schuster. Als er nach der allgemeinen Begrüßung auch mir seine Hand hinstreckte, wich ich bis in die äußerste Zimmerecke zurück und verbarg meine Hände auf dem Rücken. Erst auf die unmißverständlich drohenden Zeichen von Vater Schlag im Hintergrund und nach gutem Zureden von Mutter Schlag ließ ich mich erweichen und gab ihm mit abgewandtem Gesicht zögernd meine Hand.

Lehrer Schuster setzte sich auf einen Stuhl, hob mich auf seinen Schoß und sagte bittend: „Nun laß uns doch wieder Freunde sein. Überleg mal, ich bin nur deinetwegen in der dunklen Nacht und in diesem Unwetter den weiten Weg hierher gekommen – und das am Heiligabend –, statt bei meiner Familie im warmen Zimmer zu bleiben. Schau doch mal in den Sack, was die Frau Lehrer mir für dich an herrlichen Sachen vom Christkind mitgegeben hat."

Ich war so verblüfft beim Anblick der vielen Geschenke, die bestimmt zehn Kinder froh hätten machen können, daß ich nur ein „Danke!" stammeln konnte. Da waren eine Menge verschiedener Weihnachtsplätzchen, Süßigkeiten, ein Buch mit deutschen Rittersagen und eine richtige Mundharmonika.

Nachdem ich alle Geschenke gebührend bewundert und mich nochmals artig bedankt hatte, war die Versöhnung perfekt.

Schon am ersten Schultag nach den Weihnachtsferien spürten es auch meine Mitschüler, daß die Eiszeit zwischen dem Lehrer und mir glücklich beendet war. Ich war wieder ansprechbar, und Lehrer Schuster gab sich deutlich Mühe, sein aufbrausendes Temperament zu zügeln. Fortan verlief der Alltag ohne erwähnenswerte Vorkommnisse bis zum Tag meines Abschieds von der kleinen Schule in Kölzenhain.

Forsthaus Petershainer Hof

Im schönsten Wiesengrunde ist meiner Heimat Haus …“ Wann immer ich an den Petershainer Hof denke, kommt mir der Anfang dieses schönen alten Volksliedes in den Sinn. Inmitten saftiggrüner, von bunten Wildblumen übersäten Wiesen, zwischen bewaldeten Anhöhen gelegen, vermittelt der Hof ein Bild beschaulichen Friedens.

Wer einmal an einem sonnigen Frühlingstag dem gleichförmigen Murmeln des eilig am Hof vorbei plätschernden Bächleins, dem wohllautenden Gesangswettstreit der Vögel, dem fröhlichen Tirilieren der Lerchen, dem lustigen Zwitschern der Schwalben und dazwischen dem fernen Rufen eines Kuckucks in einer sonst wohltuenden Stille gelauscht hat, der wird dieses paradiesisch schöne Tal nie mehr vergessen.

Nach der Inschrift auf einem Querbalken des Fachwerkhauses wurde der Petershainer Hof im Jahre 1818 erbaut. Der Überlieferung zufolge soll es in dem Tal einen Ort namens Petershain gegeben haben, der während des Dreißigjährigen Krieges total zerstört worden sei.

Ein mit einer Steinplatte abgedeckter alter Brunnen vor dem Haus, ein offener Brunnen im Keller des Hauses, die von Brombeerranken und Sträuchern überwucherte Ruine einer kleinen Kapelle im nahen Wald und die häufig bei Feldarbeiten zutage geförderten bearbeiteten Steine und verkohlten Holzstücke sprechen durchaus für die Echtheit dieser Überlieferung.

Etwa um die Jahrhundertwende hatte der damalige Bauer, wohl wegen der fehlenden Ausdehnungsmöglichkeit, den Hof mit allen Äckern und Wiesen der hessischen Forstverwaltung überlassen, die hier ein Forstamt einrichtete. Es war damals üblich, daß den ländlichen Forstämtern ein kleiner landwirtschaftlicher Betrieb angeschlossen war, die Forstbeamten sollten dadurch wohl die Möglichkeit erhalten, ihr mäßiges Einkommen aufzubessern.

So war es auch auf dem Petershainer Hof. Hier war das Staatsland etwa zu gleichen Teilen zwischen der Förster- und der Waldwärterfamilie aufgeteilt worden.

Als Forstbeamter war Vater Schlag für die Pflege und die ertragsorientierte Bewirtschaftung des ihm anvertrauten Staatsforstes verantwortlich. Er allein bestimmte, welche Bäume in welchem Wald als Nutz- oder Brennholz gefällt werden sollten. Ich durfte ihn oft begleiten, wenn er die zu fällenden Bäume aussuchte und mit einem besonderen Ritzmesser für die Holzfäller kennzeichnete.

Der Holzeinschlag war für die Waldarbeiter eine knochenharte und nicht ganz ungefährliche Arbeit. Es gab ja damals weder Motorsägen noch die heute üblichen schweren Geräte zum Abtransport der Stämme. Alles war kräftezehrende Handarbeit: das Fällen der Bäume mit Axt und Säge, ihr maßgerechtes Zersägen und Spalten für den Verkauf als Brennholz ebenso wie das Verladen des Nutzholzes – in ganzen Stämmen – auf schwere Pferdewagen zum Transport in das nächste Sägewerk. Zum Herausschleifen der Baumstämme aus dem Wald an die Verladestelle wurden damals ausschließlich kräftige Pferde eingesetzt.

Neben seinen hauptberuflichen Aufgaben als Förster fungierte Vater Schlag im Auftrag des jeweiligen Jagdpächters auch als Jagdaufseher und Betreuer des Wildbestandes. Er war zwar ein ausgezeichneter Schütze, doch bei den herbstlichen Treibjagden war er so damit beschäftigt, den Jägern ihren Standplatz anzuweisen und die Treiber auf den Weg zu bringen, daß er selbst nie zum Schuß kam. Wahrscheinlich wollte er dies auch gar nicht. Trotzdem mußte auch er hin und wieder auf die Jagd gehen, um einen überzähligen Rehbock oder einige Feldhasen für den Jagdpächter zu schießen.

Es war üblich, daß von einem erlegten Rehbock dem Schützen das Gehörn und die Innereien gehörten. Das Wildbret selbst wurde in einen Sack verpackt und per Bahn dem Jagdpächter geschickt. So kam es, daß wenigstens einige Rehbockgehörne eine Wand im Wohnzimmer zierten.

Jagdfieber

Welch ein guter Schütze Vater Schlag war, hat er uns eines Tages sehr augenscheinlich bewiesen. Als wir beim Mittagessen in der Küche saßen, wurden wir durch Angstgeschrei und wildes Geflatter der Hühner aufgeschreckt. Ein Bussard war in den Hühnerhof gestoßen und hatte sich ein Huhn gegriffen. Vater Schlag rannte ins Wohnzimmer, holte sein Gewehr, das er noch laden mußte, und traf den abfliegenden Greifvogel mit einem Schuß. Das Huhn war mit dem Schrecken davongekommen und lief aufgeregt gackernd zu seinen Genossen zurück.

Ein ganz und gar jagdbesessener Mensch war der Lehrer aus einem der umliegenden Dörfer. Wenn ihn die Jagdleidenschaft packte, überließ er die Aufsicht in der Schule einem älteren Schüler und ging auf die Pirsch.

Diesem Lehrer also hatte unser Jagdpächter den Abschuß eines Fuchses versprochen. Eines Tages erschien er mit einem geliehenen Dackel auf dem Hof und bat Vater Schlag, ihm einen besetzten Fuchsbau zu zeigen. Ich war zufällig zu Hause und durfte die beiden begleiten.

Am Fuchsbau angekommen, schickte der Lehrer den Dackel in den Bau und stellte sich mit angelegtem Gewehr in die Nähe eines zweiten Ausgangs des Fuchsbaues. Plötzlich sauste etwas Rotes aus dem Bau. Der Lehrer schoß – und der Dackel war tot. Von dem Fuchs keine Spur!

Mir kam das so komisch vor, daß ich laut lachen mußte. Und prompt hatte ich von Vater Schlag eine Ohrfeige weg.

Einmal packte auch Erwin und mich das Jagdfieber. Vater Schlag hatte versprochen, vor Weihnachten einen Hasen als Festtagsbraten zu schießen, doch täglich kam er mit leeren Händen heim. Die Hasen zogen wohl die Winterkälte der Hitze in einer Bratröhre vor.

Als das Fest unmittelbar bevorstand und Vater Schlag noch immer kein Jagdglück hatte, kam mir eine Idee. Ich hatte in unserem Gemüsegarten Hasenspuren entdeckt. Die Tiere waren nachts durch die offene Tür in den Garten gehoppelt und hatten am Grünkohl genascht. Ich teilte Erwin meine Entdeckung mit, und wir beschlossen, in der nächsten Nacht einen Hasen zu fangen.

Tagsüber schaufelten wir die Gartentür vom Schnee frei, stellten zwei Holzknüppel bereit und gingen wie gewöhnlich schlafen. Um Mitternacht schlichen wir aus dem Haus zum Garten. Die letzten Meter rannten wir und schlugen schnell die Gartentür hinter uns zu.

Wir hatten Glück: Im hellen Mondlicht sprangen drei Hasen erschreckt hin und her. Jetzt begann eine wilde Hetzjagd, an deren Ende zwei Hasen auf der Strecke blieben. Dem dritten Hasen war irgendwie die Flucht ins Freie gelungen.

Als wir am anderen Morgen Mutter stolz unsere Jagdbeute zeigten, bekamen wir nur ein „Mein Gott, was wird Vater dazu sagen!“ zu hören.

Vater Schlag hielt uns pflichtgemäß eine Predigt über strafbaren Jagdfrevel und unwaidmännisches Töten von Wildtieren, ließ es aber ansonsten – zu unserer großen Verwunderung – auf sich beruhen. Vielleicht war er es auch leid, an Feiertagen immer nur Schweinebraten zu essen. Aber ich muß gestehen, daß ich im nachhinein kein besonders gutes Gefühl hatte und auf unsere nächtliche Heldentat kein bißchen stolz war.

Bier und Limonade

Wie viele einsam gelegene Forsthäuser war auch das Forsthaus Petershainer Hof in der warmen Jahreszeit für viele Städter ein beliebtes Ausflugsziel.

Vor dem Haus waren einfache Tische und Bänke aus gehobelten Brettern fest installiert, an denen die Gäste von Mutter Schlag mit Milch, Limonade oder Bier, oft auch mit einem herzhaften Imbiß, bewirtet wurden. Manchmal kamen auch große Wandergruppen, die mehrere Tage auf dem Hof blieben. Die meist jugendlichen Teilnehmer kochten ihr Essen selbst über einem Feuer an dem eigens hierfür eingerichteten Lagerplatz und schliefen nachts in der Getreidescheune im Stroh. Vor dem Schlafengehen saßen sie noch lange um das Lagerfeuer, sangen zur Laute Heimatlieder oder unterhielten sich.

Für mich war das immer eine willkommene und interessante Abwechslung. Einige der Besucher hatten damals schon Fotoapparate dabei. Das waren zwar noch recht primitive Geräte mit langen Belichtungszeiten, doch verdanke ich ihnen immerhin einige Bilder aus dieser Zeit.

Vater Schlag sorgte dafür, daß stets ein großer Vorrat an

Getränken bereitstand. Die Kästen mit Sprudel-, Limonaden- und Bierflaschen wurden im Keller gestapelt.

Auf mich übten besonders die Limonaden eine unwiderstehliche Anziehungskraft aus. Immer wenn ich im Keller Kartoffeln entkeimen und nach Eß-, Futter- und Saatkartoffeln sortieren mußte, versuchte ich, eine Limonadenflasche zu öffnen. Die Flaschen hatten einen Glaskugelverschluß, der nur durch starken Druck mit dem Daumen auf die Glaskugel gelöst werden konnte. Das war für mich fast unmöglich, doch endlich gelang es mir, die Kugel so weit nach unten zu drücken, daß wenigstens etwas Limonade herauskam. Die Kugel wurde anschließend von der Kohlensäure in die alte Stellung zurückgedrückt – und die Flasche war wieder fest verschlossen.

Als sich später ein Gast über eine nicht ganz gefüllte Limonadenflasche beschwerte und Vater Schlag feststellte, daß alle Flaschen eines Kastens solche Fehlmengen aufwiesen, verlangte er von seinem Getränkelieferanten kostenlosen Ersatz. Der wehrte sich; die Flaschen würden automatisch gefüllt und verschlossen, ein Fehler könne unmöglich vorkommen. Vater Schlag solle besser auf sein Personal und seine Kinder aufpassen. Der gab wütend zurück: „Mein Personal ist ehrlich, mein ältester Sohn überhaupt nicht daheim und der Kleine hier noch viel zu schwach, um den Flaschenverschluß öffnen zu können!"

Zum guten Schluß bekam Vater Schlag kostenlosen Ersatz – und ich beschloß, zukünftig doch besser meine Finger von der Limonade zu lassen.

Als ich dann wieder einmal im Keller Kartoffeln entkeimen mußte, fand ich eine andere Möglichkeit, meinen Durst zu stillen. Da standen eine Menge leere Bierflaschen herum, und ich entdeckte, daß in jeder Flasche noch ein kleiner Rest Bier war. Ich füllte die Reste in eine Flasche, bis sie voll war, und trank sie in einem Zug leer.

Die schale Brühe schmeckte scheußlich, und mir wurde sehr bald furchtbar übel. Der ganze Keller drehte sich immer schneller, ich wußte nicht mehr, was oben und unten war. Als ich versuchte, auf Händen und Füßen die Kellertreppe hinauf zu kommen, rutschte ich immer wieder zurück und blieb schließlich halb ohnmächtig am Fuß der Treppe liegen.

Nachdem Mutter Schlag mich mehrmals vergeblich zum Essen gerufen hatte, schickte sie Erwin, nach mir zu sehen. Der war sehr erschrocken als er mich am Boden liegend fand. Er schleppte mich nach oben und legte mich auf die Küchenbank. Alle waren aufgeregt um mich bemüht, und Mutter Schlag sagte ganz verzweifelt: „Um Himmels willen, was hat der Bub nur, was ist mit ihm geschehen?"

Erwin, der sich über mich gebeugt hatte, lachte plötzlich laut auf und sagte: „Dem Bub fehlt überhaupt nichts, der Bub ist nur stockbesoffen." Als ich wieder klar denken konnte und über Kopfschmerzen klagte, meinte Erwin schadenfroh grinsend: „Jetzt weißt du was passiert, wenn man Bierreste trinkt." Er hatte wohl auch schon ähnliche Erfahrungen gemacht.

Die rote Fahne

Das Forsthaus war auch ein beliebter Tagungsort für Vereine und politische Gruppen. So hatten sich an einem Sonntag die Schottener Mitglieder des von dem ehemaligen General Ludendorff gegründeten nationalistischen Stahlhelmbundes angemeldet. Ich hatte den Eindruck, daß dieser Besuch etwas Besonderes sein müsse und beschloß, zur Begrüßung der Gäste vor dem Haus eine Fahne aufzustellen.

Auf der Suche nach einem passenden Fahnentuch fand ich auf dem Speicher einen alten roten Unterrock von Mutter Schlag, schnitt ihn auseinander und nagelte ihn auf eine Bohnenstange. Während Mutter Schlag mit den Vorbereitungen beschäftigt war und Vater Schlag den Männern entgegen ging, pflanzte ich meine Fahne vor dem Haus auf. Ich war sehr stolz auf die schöne rote Fahne und ganz sicher, daß sich auch die „Stahlhelmer" über diese Aufmerksamkeit freuen würden.

Leider hatte ich mich da gründlich geirrt. Als die Männer die rote, im Wind flatternde Fahne aus der Ferne sahen, blieben sie erschrocken stehen. Sie glaubten, daß sich auf dem Hof inzwischen Kommunisten eingefunden hätten, um ihnen einen bösen Empfang zu bereiten.

Vater Schlag rannte zum Hof, riß meine schöne Fahne aus der Erde und beruhigte seine Gäste, die Fahne sei nur eine dumme Kinderei. Statt des erwarteten Lobes wurde ich von Vater Schlag weidlich ausgeschimpft und mußte mich bei dem Anführer der Gruppe noch entschuldigen.

Damit war ich wieder um eine Erfahrung reicher im Umgang mit den Erwachsenen.

Ein Bauernbub

Wie alle Bauernkinder wurde auch ich mit zunehmendem Alter in meiner schulfreien Zeit mehr und mehr in die täglichen Arbeiten auf dem Hof und auf dem Feld mit einbezogen.

Ein Verbot für Kinderarbeit gab es noch nicht. Es wäre auf dem Land auch völlig unsinnig gewesen. Die allermeisten landwirtschaftlichen Betriebe waren reine Familienunternehmen, in denen alle nach Kräften mithelfen mußten. Knechte und Mägde konnten sich nur die wenigen Großbauern leisten.

Tatsächlich war ich anfangs mächtig stolz, wenn mir eine Arbeit ganz alleine anvertraut wurde – da fühlte ich mich so richtig erwachsen. Schon sehr früh war ich dafür verantwortlich, daß Mutter Schlag immer genügend Kleinholz zum Anzünden des Herdfeuers und Holzscheite zum Kochen hatte. Im Winter war es meine Aufgabe, täglich dafür zu sorgen, daß der Vorratskasten für die Holzklötze zum Heizen des großen Ofens im Wohnzimmer immer gefüllt war. Das Zersägen und Spalten des Holzes war bald ausschließlich meine Aufgabe.

Im Alter von sieben Jahren durfte ich schon die Kühe, Rinder und Kälber auf die nahe Weide treiben und dort beaufsichtigen, bis sie satt waren. Ein Jahr später bekam ich meine erste Sense, die entsprechend meiner Größe eigens für mich angefertigt worden war.

Wie habe ich damals meinem ersten Einsatz als Mäher entgegengefiebert! Als Mutter Schlag mich morgens zwischen drei und vier Uhr wecken wollte, war ich schon fertig angezogen. Voll Stolz schulterte ich wie Vater Schlag meine Sense und marschierte mit ihm zu der Wiese, die gemäht werden sollte. In meinem Eifer, mit Vater Schlag und den Männern, die uns beim Mähen halfen, Schritt zu halten, spürte ich kaum die frühmorgendliche Kälte.

Die anfängliche Begeisterung war jedoch schon bald verschwunden, je mehr ich in den bäuerlichen Alltag fest eingebunden wurde.

Unsere Sommergäste waren immer wieder begeistert von dem schönen, friedlichen Tal, in dem unser Hof lag. Manche von ihnen hätten sich am liebsten für längere Zeit hier niedergelassen. Einmal hörte ich, wie eine Dame aus Schotten zu Mutter Schlag sagte: „Ach, was müssen Sie glücklich sein, daß Sie in einem so paradiesisch schönen Tal leben dürfen!"

Die paradiesisch schöne Landschaft war eine Sache, eine andere war die schwere Arbeit, die Tag für Tag getan werden mußte – von der Morgendämmerung bis zur Abenddämmerung. Dann mußte erst noch einmal nach den Tieren gesehen werden, bevor es Abendbrot gab.

Im Sommer war leider sogar meine „Polizeistunde" um 21 Uhr aufgehoben. Während ich im Winter zu dieser Stunde auf einen strengen Blick von Vater Schlag und auf sein mahnendes Räuspern hin mich nur sehr ungern von meiner spannenden Lektüre trennte, hätte ich mich im Sommer ganz gerne schon Stunden früher ins Bett verzogen.

Feldarbeit im Frühjahr

Die Feldarbeit begann schon im zeitigen Frühjahr. Kaum war der letzte Schnee verschwunden und die Wiesen einigermaßen trocken, mußten die unzähligen Maulwurfshügel mit einem Rechen eingeebnet und die von den Tieren nach oben beförderten Steine in Körben an den Rand der Wiese getragen werden.

Dann gingen die Arbeiten ohne Unterbrechung weiter. Der Stallmist, der inzwischen zu einem akkurat aufgeschichteten Riesenwürfel angewachsen war, wurde aufs Feld gefahren, dort mit Mistgabeln gleichmäßig ausgebreitet und anschließend untergepflügt. Das Sommergetreide, wie Hafer und Gerste, mußte gesät, Kartoffeln gesetzt und die im Pflanzgärtchen vorgezogenen Dickwurzpflanzen in langen Reihen auf einem Acker eingepflanzt werden – alles in mühsamer Handarbeit!

Wegen der Nähe der Äcker wurden nur Kühe als Zugtiere benutzt. Pferde nur zu diesem Zweck zu halten hätte sich nicht gelohnt, zumal man sie nicht auch noch melken konnte.

Die Ausbildung eines Rindes zum Zugtier war für alle Beteiligten immer eine aufregende Angelegenheit. Zuerst wurden der „Fahrschülerin" die Augen verbunden, dann bekam sie einen Holzknüppel mit einer Kette so am Hals befestigt, daß dieser gegen ihre Beine schlug, wenn sie vorwärtsstürmen wollte. Als nächstes wurde ihr ein mit Pferdehaaren und Leder gepolstertes Stirnjoch mit Riemen am Kopf befestigt und die Zugketten mit Eisenhaken am Joch eingehängt. An den Ketten war ein kurzer Holzbalken als Zuggewicht befestigt.

Wenn Vater Schlag nach diesen Vorbereitungen mit einem leichten Zug an der Maulkette und einem Klaps aufs Hinterteil das Rind dazu bringen wollte, langsam vorwärts zu gehen, versuchte es meist, sich mit wilden Sprüngen von den Fesseln zu befreien. Vater Schlag hatte alle Mühe zu verhindern, daß sich das Tier dabei selbst verletzte. Von Tag zu Tag wurden diese Ausbrüche weniger heftig, bis das Rind ohne Augenbinde den

Balken brav hinter sich herzog. Wenn es dann neben eine erfahrene Kuh vor einen Wagen gespannt wurde, sorgte diese mit einem leichten Hornstoß dafür, daß der Neuling mit ihr im Gleichschritt marschierte.

Geburtshilfe im Stall

Für den Nachwuchs unserer Kühe sorgte der prämierte Gemeindebulle von Kölzenhain. Für seine Bemühungen mußte jedesmal bei dem Bullenhalter ein Sack Hafer abgeliefert werden. War eine Kuh hochträchtig, bekam sie sozusagen Mutterschaftsurlaub und wurde nicht mehr als Zugtier eingesetzt, um keine Fehlgeburt zu riskieren. Auch auf der Weide mußte man aufpassen, daß die werdende Mutter nicht in Auseinandersetzungen zwischen den Kühen verwickelt wurde.

Die Geburt eines Kälbchens verlief durchaus nicht immer problemlos. Normalerweise kamen die Kälbchen in Bauchlage – den Kopf auf den Vorderbeinen liegend – zur Welt. Wenn die Beine zu sehen waren, wurde an jedes Bein ein Strick befestigt und damit kräftig gezogen. Doch jede Kuh war anders gebaut und ihr Becken manchmal durch das Ziehen schwerer Lasten deformiert.

Bei unserer Schecke traf dies ganz besonders zu. Immer, wenn in unserem Tal ein Bauer mit seiner Heufuhre auf einer ansteigenden feuchten Wiese hängen blieb, wurden wir zu Hilfe gerufen. Mit unserer Schecke als Vorspann vor seinen eigenen Zugtieren konnte er die Fahrt dann wieder fortsetzen. Es konnte daher niemand wundern, daß die Schecke sich bei der Geburt ihrer Kälbchen meist sehr schwer tat.

Als es wieder einmal soweit war, wechselten Vater Schlag und ich uns nachts im Wachdienst ab. Während der eine wachte, schlief der andere in einer Stallecke im Stroh.

In der zweiten Nacht weckte Vater Schlag mich und gab mir den Auftrag, schnell nach Kölzenhain zu laufen und dort zwei Männer zu holen, die als erfahrene Hebammen für schwierige Kälbergeburten bekannt waren. Er hatte festgestellt, daß das Kälbchen nicht normal mit den Vorderbeinen, sondern auf dem Rücken liegend mit den Hinterbeinen im Geburtskanal steckte.

Es war eine so finstere Novembernacht, daß man draußen kaum seine Hand vor den Augen sehen konnte. Ich nahm deshalb unseren Hund „Prinz“ an die Leine und rannte los. Mich schreckte nicht das dumpfe Rufen eines Uhus oder der Waldeulen, noch das geheimnisvolle Rascheln im Unterholz. An diese Geräusche hatte ich mich längst gewöhnt. Ich befürchtete nur, vom Weg abzukommen, zumal ich gefährlich nahe an einem Steinbruch vorbei mußte. Da fühlte ich mich mit unserem Prinz als Führer schon bedeutend sicherer.

Die beiden Männer waren sofort bereit, mit mir zu kommen, und legten den Weg zum Hof im Eilschritt zurück.

Im Stall war die Lage noch unverändert. Wie die beiden es geschafft haben, das Kälbchen im Mutterleib in die richtige Lage zu drehen und normal zur Welt zu bringen, habe ich vor Müdigkeit nicht mehr mitbekommen. Es war ein gesundes Ochsenkalb, und alle waren froh über den glücklichen Ausgang. Das Kälbchen wurde sofort nach der Geburt seiner Mutter vorgelegt, die es liebevoll trockenleckte.

Die Zigarre

Wenn ein Ochsenkalb oder auch eine alte Kuh zu verkaufen war, kam der Viehhändler auf den Hof – und dann begann ein zähes Feilschen, bis schließlich der Handel mit einem Handschlag abgeschlossen wurde. Für den Strick, an dem das Tier fortgeführt wurde, hatte der Händler vereinbarungsgemäß immer eine Mark „Seilchensgeld" an mich zu entrichten. Als wieder mal ein Kälbchen verkauft worden war, nahm Mutter Schlag die Mark an sich und deponierte sie in einer Kaffeetasse im Küchenschrank mit der Bemerkung: „Die Mark bekommst du erst, wenn ich weiß, daß du mich nicht belogen hast."

Dafür gab es folgenden Grund: Vater Schlag hatte sich, wie fast an jedem Tag, nach dem Mittagessen mit einer Zigarre ins Wohnzimmer zurückgezogen und sich in seinem Sessel zu einer kurzen Ruhepause niedergelassen. Ich war derweil am Wohnzimmertisch mit meinen Hausaufgaben beschäftigt.

Als ich hörte, daß Vaters Zigarre auf den Boden gefallen war, ging ich sofort hin und hob die Zigarre auf. Da bemerkte ich, daß Vater Schlag eingeschlafen war. Ich fand die Gelegenheit günstig, auch einmal zu versuchen, wie eine Zigarre schmeckt. Ich hatte die Zigarre noch gar nicht richtig am Mund, da bekam ich eine so gewaltige Ohrfeige, daß die Zigarre wieder auf dem Fußboden landete.

Ich empfand das als eine sehr hinterlistige Attacke und stibitzte bei nächster Gelegenheit eine Zigarre aus der Kiste im Schreibtisch. Die versteckte ich zunächst in der Schublade meines Nachtschränkchens. Bevor ich mich ins Bett legte, versuchte ich sie zu rauchen, gab aber schon nach wenigen Zügen auf und legte die angebrannte Zigarre wieder in die Schublade zurück, wo ich sie völlig vergaß. Mein Pech, daß Mutter Schlag sie dort fand, als sie das Nachtschränkchen für unsere Magd Emma brauchte.

Mutter Schlag führte mich stumm an der Hand in meine Schlafkammer, hielt mir die Zigarre vors Gesicht und fragte:

„Wie kommt die angerauchte Zigarre in das Nachtschränkchen, hast du das getan?"

Ich leugnete ganz entschieden und sagte: „Das kann nur Erwin gewesen sein."

„Na gut", sagte Mutter Schlag. „Erwin kommt am Samstag heim, dann werde ich ihn fragen; aber wehe dir, wenn du mich angelogen hast!"

In den folgenden Tagen erlitt ich wahre Höllenqualen. Verzweifelt überlegte ich, wie ich Erwin vor seiner Mutter erreichen könnte. Wenn ich Glück hätte, ging Erwin zuerst in den Stall, bevor er die Familie begrüßte.

Zur Stunde seiner wahrscheinlichen Ankunft hielt ich mich also im Kuhstall auf – und hatte Glück. Erwin kam tatsächlich zuerst in den Stall, doch kaum war er da, rief Mutter Schlag ihn schon zu sich in die Küche. Ich konnte ihm nur noch hastig zuflüstern: „Ich habe die Zigarre geraucht." Da war er auch schon in der Küche verschwunden.

Kurz darauf wurde ich von Mutter Schlag gerufen. Mit bleiernen Gliedern schleppte ich mich die Treppe zur Küche hinauf. Ich hätte in diesem Augenblick alles dafür gegeben, wenn ich mich unsichtbar hätte machen können – und dann verstand ich überhaupt nichts mehr.

Mutter Schlag drückte mich an sich, gab mir die zurückgelegte Mark und sagte: „Ich bin ja so froh, daß du mich nicht angelogen hast. Und weil ich dich zu Unrecht verdächtigt habe, bekommst du noch eine Mark zusätzlich von mir."

Ich brachte keinen Ton heraus und verzog mich schnell wieder in den Stall. Kurz darauf kam Erwin, streckte mir seine Hand hin und sagte: „Die eine Mark gehört selbstverständlich mir, weil ich für dich lügen mußte."

Ich dachte nur: „Wie gut ist es, einen Bruder zu haben, auf den man sich in der Not verlassen kann!" Zu meiner Schande muß ich gestehen, daß ich damals nicht die Spur von einem schlechten Gewissen hatte.

Erntezeit

Während der Erntezeit gab es kaum eine Verschnaufpause; dummerweise hatten wir gerade dann immer Schulferien. Ich war jedesmal froh, wenn ich wieder in die Schule gehen konnte.

Wenn das Gras gemäht war, wurde es auf der Wiese zum Dörren ausgebreitet, dann zweimal am Tag mit Holzrechen gewendet und abends, wegen der Nachtfeuchte, zu kleinen Haufen aufgeschichtet. Das mußte so lange wiederholt werden, bis aus dem saftigen Gras duftendes Heu geworden war, das in die Scheune gebracht werden konnte.

Beim Aufladen des Heus mußte ich immer aufpassen, daß die von unzähligen Bremsen gequälten Zugtiere nicht die Flucht ergriffen, was leicht zu einer Katastrophe hätte führen können. Die Kühe wurden zwar vorher mit einer stinkenden schwarzen Tinktur, dem sogenannten „Franzosenöl", eingeschmiert, das die Bremsen vertreiben sollte, doch genützt hat das kaum. Ich versuchte, die Insekten mit einem Zweig von den Kühen fernzuhalten – und wurde dabei oft selbst zum Opfer.

Der für mich unangenehmste Teil der Heuernte war jedesmal das Entladen der Wagen in der Scheune. Das mit einer Gabel nach oben gereichte Heu mußte ich mit den Armen von der Gabel abnehmen, an den richtigen Platz tragen und dort mit den Füßen festtreten. Bei der Hitze unter dem Scheunendach und dem beißenden Heustaub war das eine ermüdende und schweißtreibende Arbeit.

Die Getreideernte war eine nicht minder schwere Arbeit. Anders als beim Mähen des Grases, das auf der linken Seite der Wiese begonnen wurde, mähte man das Getreide von der rechten Seite des Feldes aus – gegen die stehende Frucht. Verwendet wurde dabei eine Spezialsense, auch Reff genannt. An ihrem oberen Ende war ein mit Fliegendraht oder mit einem dünnen Tuch bespannter Bogen befestigt, durch den ein ungeordnetes Umfallen der abgeschnittenen Halme verhindert wurde. So konnte die Frucht besser bündelweise mit der Sichel aufgenommen und zu Garben gebunden werden.

Anfangs wurden die Garben noch mit Strohseilen, den sogenannten „Strohwitten", die im Winter aus langem, handgedroschenem Roggenstroh gedreht worden waren, eingebunden. Später gab es dafür Hanfseile mit einem Holzknebel, die wieder verwendet werden konnten. Waren alle Garben gebunden, wurden sie zu sogenannten „Hausten" zusammengestellt. Eine besonders dicke Garbe wurde über dem Seil so auseinander geknickt, daß sie als Hut auf die Garben gesetzt werden konnte. Auf diese Weise schützte sie die Ähren vor dem Nachttau und vor Regen.

Immer wenn eine Fuhre Getreide in die Scheune gebracht werden sollte, während ich das Vieh hütete, pfiff Vater Schlag mir mit einer Trillerpfeife. Ich mußte dann zwei Kühe einfangen, sie aufschirren, vor den Erntewagen spannen und mit ihnen auf das Feld fahren. Dann lief ich schnell wieder zur Weide zurück.

Beim Aufschirren stellte ich jedesmal fest, daß die Kühe nicht so dumm sind, wie allgemein behauptet wird. Wenn ich ihnen das Joch aufsetzen wollte, streckten sie ihren Kopf so hoch, daß es mir unmöglich war, die Lederschlaufe über ein Horn zu streifen. Ich kannte natürlich diese Tricks längst und führte die Kühe, wenn ich sie auf der Weide aufzäumen mußte, an den Weidezaun, auf den ich kletterte. Kaum spürte die Kuh das Joch an ihrem Kopf, senkte sie ihn wieder und ergab sich in ihr Schicksal.

Schwieriger war es für mich, den Bauchriemen festzuschnallen. Weil meine Arme zu kurz waren, den auf der anderen Seite der Kuh herunterhängenden Riemen zu erreichen, mußte ich unter ihren Bauch kriechen – bei den von zahllosen Bremsen gequälten, unruhigen Tieren war das immer ein riskantes Unternehmen.

Wenn die letzte Fuhre Getreide in der Scheune verstaut war, ging die Feldarbeit etwas weniger hektisch weiter. Das auf den Wiesen inzwischen nachgewachsene Gras wurde ein zweites Mal gemäht und nach dem Dörren als Grummet zu dem Heu in die Scheune gebracht.

Das Ernten der Kartoffeln war nochmals eine besonders anstrengende Arbeit. Die Kartoffeln mußten Strauch für Strauch aus der Erde gehackt, nach Eß- und Futterkartoffeln sortiert von der Erde in Körbe aufgesammelt und in Säcke gefüllt werden. Das Auf- und Abladen der schweren Kartoffelsäcke und ihr Transport in den Keller war die reinste Schinderei.

Nach dem Abernten des Kartoffelfeldes wurde das Kartoffelkraut verbrannt. Das war eine Arbeit, die ich immer mit großer Begeisterung erledigte. Es war nicht nur das Feuer, das mich faszinierte, sondern vor allem die Gelegenheit in der Glut eine Menge Kartoffeln zu rösten, die für mich ein besonderer Leckerbissen waren.

Mit dem Ernten der Futterrüben war die jährliche schwere Feldarbeit getan – es blieb dann noch die Aussaat des Wintergetreides.

Arbeit im Haus

Wenn auch die Feldarbeiten, bis auf wenige Ausnahmen in der Erntezeit, an den Sonntagen ruhte, gab es doch kein völlig freies Wochenende, denn natürlich hatten die Tiere auch sonntags Hunger. Wie an jedem Tag mußte also auch sonntags der Stall ausgemistet, die Kühe gemolken und alle Tiere mit Futter versorgt werden.

Die sonntäglichen Stallarbeiten wurden fast ausschließlich von Vater Schlag, kräftig unterstützt von unserer Magd (wenn wir gerade eine hatten) und mir erledigt. Als ich älter und kräftig genug war, wechselten Vater Schlag und ich uns von Woche zu Woche ab. Während der eine die Stallarbeiten verrichtete, konnte der andere den Gottesdienst besuchen oder sonst etwas unternehmen.

Karlinchen war sonntags voll damit beschäftigt, die wochentags liegengebliebenen Hausarbeiten nachzuholen und ihrer Mutter beim Zubereiten des Mittagessens zu helfen. An den Wochentagen gab es aus Zeitgründen nur einfache Gerichte, die schnell zuzubereiten waren, aber an den Sonntagen gab Mutter Schlag sich mit dem Essen viel Mühe. Vorher eine Fleischsuppe, dann Kartoffeln mit Gemüse oder Salate, dazu einen riesigen Schweinebraten oder auch mal ein gefülltes Huhn oder einen Feldhasen – und nach dem Hauptgericht noch eine wohlschmeckende Süßspeise.

Zum Nachmittagskaffee hatte Mutter Schlag morgens schon einen Kuchen gebacken, oder sie backte kurz vor dem Kaffeetrinken einen Berg Waffeln. Das Waffeleisen war ein Monstrum, wie es heute wohl nur noch im Museum zu sehen ist. Das schwere gußeiserne Gerät wurde direkt über die offene Herdflamme gestellt und die Waffeln durch Drehen des inneren Teils auf beiden Seiten gebacken.

Während in den Jahren nach dem verlorenen Krieg viele Menschen in den Städten noch hungern mußten, hatten wir zum Leben mehr als genug. Fast alles, was wir zum Leben brauchten, wurde selbst erzeugt oder getauscht.

Roggen- und Weizenmehl lieferte der Müller im Tausch gegen die entsprechende Menge Körnerfrucht. Für Fleisch, Wurst, Schinken und Speck sorgten die Schweine, von denen zwei im Dezember und eines im Frühjahr geschlachtet wurden. Die Milch der Kühe wurde getrunken oder zu Butter und Käse verarbeitet. Die warmen Stricksachen wurden aus der Wolle unserer Schafe hergestellt. Ein wohlschmeckender Brotaufstrich waren Marmelade und Gelee aus Himbeeren und Brombeeren, die im Wald in großen Mengen wuchsen.

Und dann gab es natürlich Zwetschenmus. Als täglicher Brotaufstrich wurde es in solch großer Menge verbraucht, daß es in dem besagten Universalwaschkessel gekocht werden mußte. Bei schwacher Hitze wurden die Zwetschen 24 Stunden lang ununterbrochen gerührt, bis die Früchte zerfallen und genügend eingedickt waren. Anschließend füllte man das Mus in Tonkrüge, die mit einem Tuch verschlossen wurden. Jeder Haushalt kochte soviel davon, daß es ein ganzes Jahr reichte.

Mutter Schlag

Mutter Schlag hatte wohl von allen Familienmitgliedern die größte Arbeitslast zu tragen. Sie war schließlich nicht nur Bäuerin, sondern in erster Linie eine vielbeschäftigte Hausfrau, Mutter und gelegentlich auch Wirtin.

Bei aller Belastung blieb sie immer gut gelaunt. Nie habe ich erlebt, daß ihr einmal etwas zuviel wurde. Wir anderen konnten uns doch schon mal von der schweren Feldarbeit erholen. Vater Schlag mußte öfters in seinem Revier nach dem Rechten sehen, Karlinchen kümmerte sich oft um die Sommergäste oder war auf einem Lehrgang, und Erwin war sowieso nur an den Wochenenden und in den Schulferien da. Für mich waren die Unterrichtsstunden, das Erledigen meiner Hausaufgaben und das Viehhüten willkommene Ruhepausen.

Auch als ich älter geworden war, hing ich, genau wie am ersten Tag, an Mutters Schürzenzipfel. Um möglichst oft in ihrer Nähe sein zu können, half ich ihr sogar freiwillig beim Kartoffelschälen, beim Geschirrspülen und bei sonstigen Hausarbeiten.

Worüber sich Mutter Schlag am meisten ärgern konnte, waren meine ständig zerrissenen Hosentaschen, die sie immer wieder flicken mußte. Außer einem Taschentuch, wofür sie eigentlich da waren, verwahrte ich darin Dinge wie seltene Steine, Draht, Nägel und sonstigen Krimskram, denen der Stoff auf Dauer nicht standhalten konnte.

Einmal fand ich beim Hüten unserer Kühe eine völlig durchnäßte Feldmaus. Die tat mir so leid, daß ich sie kurzerhand in meine Hosentasche steckte. Erst nachdem ich das Vieh in den Stall getrieben hatte, erinnerte ich mich wieder an die Maus, doch die war nicht mehr da. Statt durch den natürlichen Ausgang zu verschwinden, hatte sich das undankbare Tier – von mir unbemerkt – durch den Stoff nach draußen genagt. Jetzt hatte ich auch noch ein Loch in meiner Hose!

Für Mutter Schlag war damit das Maß endgültig voll. Kurz entschlossen nähte sie alle meine Hosentaschen zu.

Meine große Schwester

Karlinchen war für mich von Anfang an eine liebe große Schwester. Als ich noch klein war, las sie mir oft vor dem Einschlafen eine Gutenachtgeschichte vor und war auch tagsüber fürsorglich um mich bemüht.

Schon im Alter von sieben Jahren hatte ich mich in eine Klassenkameradin verliebt – und Karlinchen half mir verständnisvoll beim Schreiben meines ersten Liebesbriefes. Ich kann mir heute gut vorstellen, daß sie sich dabei köstlich amüsiert hat.

Schlimm war es für mich, wenn Karlinchen längere Zeit abwesend war. Nach der Schule lernte sie die „Feine Küche“ in einem Hotel in Schotten, von wo sie ab und zu heimkommen konnte. Als sie aber für mehrere Monate die Haushaltsschule in der weit entfernten Burg Solms bei Wetzlar besuchen mußte, war der Abschied von ihr für mich sehr schmerzlich. Ich durfte sie noch ein Stück des Weges nach Bobenhausen begleiten, von wo aus sie mit einem Bus zur nächsten Bahnstation fahren sollte. Als Karlinchen nach einem herzlichen Abschied hinter einer Wegebiegung im Wald verschwunden war, lief ich weinend zum Hof zurück. In den Monaten ihrer Abwesenheit habe ich voll Sehnsucht auf ihre Rückkehr gewartet und war überglücklich, als ich meine große Schwester wieder hatte.

Natürlich gab es zwischen uns auch manche Neckereien, wie es unter Schwestern und Brüdern ganz normal ist. Wenn mir Karlinchen einen Streich spielte, mußte ich mich natürlich revanchieren.

An einem Tag, als Karlinchen, ihre Cousine Luise, Emma und ich alleine waren, kam Karlinchen aufgeregt zu mir gelaufen und sagte mit weinerlicher Stimme: „Gerade hat ein Einbrecher die Geldkassette aus dem Schreibtisch gestohlen, du mußt ihn schnell verfolgen und ihm die Kassette wieder abnehmen."

Ich machte unseren Prinz von seiner Kette los und rannte mit ihm hinter dem Verbrecher her. Bald schon hatten wir den zerlumpten Kerl mit einem ungepflegten grauen Vollbart eingeholt. Der Fremde blieb stehen, und ich mußte zu meiner großen Verblüffung feststellen, daß unser Prinz sich schwanzwedelnd von ihm streicheln ließ, statt ihn zu beißen, wie ich befohlen hatte.

Energisch forderte ich den Dieb auf, die Kassette sofort herzugeben, doch der grinste nur, zog schließlich seinen zerknautschten Hut vom Kopf, streifte den falschen Bart ab und entpuppte sich lachend als die liebe Cousine Luise.

Ich hätte vor Wut schreien können, daß ich so hereingelegt worden war. Es versöhnte mich auch nicht besonders, daß Karlinchen meinen Mut lobte, denn schließlich hatte ich ja geglaubt, einen richtigen Einbrecher zu jagen.

An einem schönen Sommertag kam es zwischen Karlinchen und mir zu einem wirklich ernsten Zerwürfnis, das für uns beide gleichermaßen unangenehme Folgen haben sollte.

Vater Schlag rauchte gewohnheitsmäßig jeden Tag drei Zigarren – keine mehr und keine weniger. Wenn er doch einmal aus Versehen eine vierte Zigarre geraucht hatte, klagte er am anderen Tag über Kopfschmerzen. Meist hatte er einen größeren Zigarrenvorrat in seinem Schreibtisch, von dem er auch gelegentlich einige Zigarren an Waldarbeiter oder Bauern weiterverkaufte.

Eines Tages sagte Vater Schlag vor seinem Dienstgang in den Wald zu Karlinchen: „Ich habe nur noch ganz wenige Zigarren. Wenn jemand kommt, der Zigarren kaufen will, sagst du, es sind keine mehr da.“ Karlinchen nahm vorsichtshalber die letzte Zigarrenkiste aus der Schreibtischschublade und versteckte sie hinter dem Ofen.

Kaum war Vater Schlag gegangen, da kam auch schon ein Bauer, der einige Zigarren kaufen wollte. Karlinchen zog die Schublade auf, schüttelte bedauernd den Kopf und sagte: „Es sind leider keine Zigarren mehr da.“

Ich hatte die Vorgeschichte nicht mitbekommen, aber die Zigarren hinter dem Ofen zufällig entdeckt. Und so glaubte ich Karlinchen korrigieren zu müssen: „Es sind doch noch Zigarren da.“

Sie schaute nochmals in die Schublade und sagte, schon ärgerlich: „Ich kann hier absolut keine Zigarren entdecken.“

Da holte ich die Zigarrenkiste hinter dem Ofen hervor, öffnete den Deckel und fragte: „Sind das etwa keine Zigarren?“

Karlinchen bekam einen hochroten Kopf, der Bauer nahm Vaters letzte Zigarren, bezahlte und ging.

Böses ahnend wollte ich mich diskret zurückziehen, doch da hatte Karlinchen mich schon erwischt. Sie knöpfte meine hintere Hosenklappe auf, die bei gewissen Gelegenheiten recht praktisch war, und versohlte mir mit der flachen Hand meinen nackten Hintern. Sie war für mich halt doch eine zu große Schwester.

Vater Schlag war sehr ärgerlich, daß seine letzten Zigarren doch verkauft worden waren. Als er hörte, daß ich meine Strafe schon bekommen hatte, ließ er es bei einer eindringlichen Strafpredigt über vorwitziges Reden bewenden.

Wer konnte da die Erwachsenen noch verstehen? Mir wurde ständig gesagt, daß man unter gar keinen Umständen lügen dürfe – und jetzt war ich gestraft worden, weil ich die Wahrheit gesagt hatte! Noch am selben Nachmittag mußte ich zum dritten Mal an diesem Tag nach Kölzenhain laufen und im Raiffeisenladen Zigarren kaufen.

Daß ich Karlinchen mit meiner Einmischung ungemein blamiert hatte, konnte ich damals noch nicht einsehen. Ich überlegte also schon auf dem Weg, wie ich mich für die Schläge rächen könne. Die Gelegenheit dazu ließ nicht lange auf sich warten.

Karlinchen hatte in Kölzenhain einen Freund, der Karl hieß. Da sich die beiden nicht oft sehen konnten, mußte ich gelegentlich Briefträger spielen und ihre Liebesbriefchen hin- und herbefördern. Als ich wieder einmal ein Briefchen, auf dem keine Adresse stand, abliefern sollte, händigte ich es einem ganz anderen Karl aus, von dem ich wußte, daß er auch gerne mit Karlinchen befreundet gewesen wäre.

Was ich wirklich damit angerichtet hatte, konnte ich natürlich nicht ahnen. Ich wollte eigentlich nur Karlinchen etwas ärgern. Der falsche Karl brüstete sich in der Wirtschaft vor den anderen Burschen damit, daß er der neue Freund von Karlinchen sei. Der richtige Karl war darüber stinksauer. Schließlich prügelten sich die beiden. An der Prügelei beteiligten sich bald auch die anderen Burschen, so daß in der Wirtschaft nichts mehr heil blieb.

Es wird Karlinchen nicht leichtgefallen sein, den beiden Karls meine böswillige Verwechslung zu erklären. Irgendwann hat sie mir aber doch verziehen und war wieder meine liebe große Schwester.

Mein großer Bruder

Erwin war für mich in jeder Beziehung ein großer Bruder. Er befahl, und ich hatte zu gehorchen. Verweigerte ich mich, gab es Knüffe oder gar Ohrfeigen. Es wäre für mich auch nicht ratsam gewesen, ihm irgendeinen Streich zu spielen. Wenn ich mich jedoch an seine Spielregeln hielt und tat, was er wollte, war er der liebste Bruder, den ich mir wünschen konnte.

Als ich Erwin erzählte, daß einer meiner Schulkameraden einen zahmen Raben besitze und ich auch zu gerne so einen Vogel haben möchte, streifte er während der Brutzeit immer wieder durch den Wald, bis er eines Tages im Wipfel einer sehr hohen Kiefer ein Rabennest mit fast flüggen Jungen entdeckt hatte.

Mir erschien es ganz unmöglich, daß jemand zum Nest klettern, einen Vogel herausnehmen und mit ihm heil wieder herunter klettern könne. Ich kannte Erwins Wagemut, der oft an Leichtsinn grenzte und wollte aus Angst um ihn lieber auf einen eigenen Raben verzichten.

Erwin behauptete, dies sei für ihn überhaupt kein Problem. Er befestigte zwei Steigeisen, die er von Telegrafenarbeitern entliehen hatte, an seinen Schuhen, hing sich eine Tasche über die Schultern und kletterte wie ein Affe am Stamm hinauf zum Nest. Als er gerade einen kräftigen Jungvogel in der Tasche verstaut hatte, wurde er von den Rabeneltern mit wütenden Schnabelhieben attackiert. Er hatte große Mühe, die Angriffe mit einer Hand abzuwehren.

Ich war heilfroh, als er wieder festen Boden unter den Füßen hatte. Wie leicht hätte er bei dem waghalsigen Unternehmen abstürzen können. Als ich ihm sagte, daß ich große Ängste ausgestanden hätte, grinste er nur, gab mir die Tasche und sagte: „Hier hast du den Jakob, den ich dir versprochen habe."

Ich brachte meinen Jakob im Holzschuppen in einem großen Käfig unter, den ich schon vorher aus Brettern und Maschendraht gebaut hatte.

Das kleine Kerlchen hielt mich ganz schön auf Trab. Jakobs Appetit war schier grenzenlos. Wann immer ich in seine Nähe kam, sperrte er laut krächzend seinen Schnabel auf. Ich fütterte ihn anfangs mit Quark, Schnecken, Würmern und Käfern, später hauptsächlich mit gefangenen Mäusen.

Jakob war bald so zahm, daß ich die Käfigtür offenlassen konnte. Wenn ich ihn gefüttert hatte und mich zum Gehen wandte, flatterte er noch etwas unbeholfen auf die Erde und hüpfte hinter mir her, wohin ich auch ging. Eines Tages flog er zu meiner großen Freude direkt auf meine Schulter, wo fortan sein Lieblingsplatz war.

Es war eine schöne Zeit mit Jakob, die leider schon im Herbst des gleichen Jahres auf tragische Weise zu Ende ging.

Irgendwann hatte Jakob beschlossen, mir auf meinem Heimweg von der Schule entgegen zu fliegen. Er setzte sich immer auf den letzten Pfahl einer Weideeinzäunung und wartete auf mich. Wenn er mich dann auf dem Höhenrücken auftauchen sah, ließ er sein rauhes „Rab Rab" hören und flatterte dabei wild mit seinen Flügeln. Erst wenn ich bei ihm angekommen war, flog er auf meine Schulter und knabberte zur Begrüßung zärtlich an meinem Ohrläppchen.

Als Jakob mich eines Tages nicht auf seinem Weidepfosten erwartete, hatte ich gleich ein ungutes Gefühl. Daß er sich seinen Artgenossen angeschlossen und mich verlassen haben könnte, hielt ich für ausgeschlossen. Ich hatte oft erlebt, wie er vorüberfliegende Raben eine kurze Strecke begleitete, aber jedesmal war er wieder zurückgekommen. Es mußte ihm etwas zugestoßen sein.

Voll banger Ahnung rannte ich los und fand Jakob tot auf

dem Boden seiner offenen Schlafkiste liegen. Meine Untersuchung ergab, daß ihn – wohl schon in der Nacht, während er schlief – ein Marder totgebissen und ihm das Blut ausgesaugt hatte. Ich hätte doch besser jeden Abend seine Käfigtür zuschließen sollen! Das wäre mir aber so vorgekommen, als hätte ich einen guten Freund eingesperrt. Mir blieb nur noch übrig, einen Sarg zu zimmern und meinen Jakob feierlich der Erde zu übergeben.

Das Geheimnis des Wasserschiebers

Wenn Erwin an den Wochenenden oder während der Schulferien zu Hause war, drückten Vater und Mutter Schlag schon mal ein Auge zu und befreiten uns für Stunden von der Feldarbeit. So konnte ich an manchen Lausbubenstreichen teilnehmen, derer Erwin nicht müde wurde, sich auszudenken. An einen besonders folgenschweren Streich erinnere ich mich, der besser ungeschehen geblieben wäre:

Am unteren Ende unseres Tales hatte die etwa eine Wegstunde entfernte Gemeinde Altenhain in dem abschüssigen Wiesenhang eine Quelle gefaßt und das Wasser durch Rohre in einen Hochbehälter über dem Dorf geleitet. Von dort aus wurden die Wasseranschlüsse der Häuser mit dem nötigen Druck gespeist. Ebenerdig war der Quellenschacht mit einer Eisenplatte, die mit einem Sicherheitschloß versehen war, verschlossen. Preßte man ein Ohr auf die Eisenplatte, konnte man deutlich ein dumpfes Rauschen aus der Tiefe hören.

Erwin wollte unbedingt die Ursache dieses geheimnisvollen Rauschens ergründen. An einem Nachmittag, als Vater Schlag in ein weiter entferntes Revier gegangen war, machten wir uns auf den Weg zur Quelle, um sie näher in Augenschein zu nehmen.

Das Öffnen der Abdeckung war für Erwin kein Problem. Er klopfte mit einem Hammer und einem Eisendorn die Splinte aus den beiden Scharnieren, hob den Deckel etwas an und schob mit der anderen Hand die Verriegelung des Sicherheitsschlosses zurück. Nun konnten wir die Eisenplatte einfach entfernen.

Wir kletterten sofort auf der fest montierten Eisenleiter in die Tiefe. Unten schoß das Quellwasser laut rauschend aus einem Loch in der Schachtwand in einen großen Steintrog, an dem die Rohrleitung zum Hochbehälter des Dorfes angeschlossen war. Kam mehr Wasser aus der Quelle, als durch die Rohrleitung abfließen konnte, wurde das über den Trogrand schwappende Wasser durch ein kleines Rohr am Boden des Schachtes in den Seenbach abgeleitet.

Die Rohrleitung zum Hochbehälter war mit einem Schieber versehen, mit dem die Wassermenge reguliert werden konnte. Erwin drehte so lange an dem Rad des Schiebers, bis dieser die Rohrleitung völlig verschlossen hatte. Da das kleine Abflußrohr die nun überlaufenden Wassermassen nicht fassen konnte, stieg der Wasserspiegel in dem engen Schacht so schnell an, daß wir eilig nach oben klettern mußten.

Erwin verschloß den Schacht, indem er die Verriegelung des Deckels zuschob und die Splinte wieder in die Scharniere klopfte. Beim Weggehen sagte er grinsend: „Schade, daß ich die dummen Gesichter der Altenhainer nicht sehen kann, wenn bei ihnen plötzlich kein Wasser mehr aus den Leitungen kommt.“

Schon am Nachmittag des nächsten Tages kam der Schmied von Altenhain zu uns und bat darum, telefonieren zu dürfen. Er müsse dringend mit dem Bürgermeister seines Dorfes sprechen. Nachdem er das Gespräch beendet hatte, fragte Vater Schlag ihn nach dem Grund seiner großen Aufregung. Der Mann berichtete folgendes:

Als die Frauen des Dorfes das Mittagessen zubereiten und

das Vieh tränken wollten, sei plötzlich kein Wasser mehr aus den Anschlüssen gekommen. Die Frauen hätten nun das Wasser, wie vor der Installierung der Wasserleitung, aus dem zum Glück noch vorhandenen Ziehbrunnen holen müssen. Er sei als zuständiger Wasserwart zum Hochbehälter gegangen, in dem kein Tropfen Wasser mehr gewesen sei. Daraufhin sei er im Eilschritt zur Quelle marschiert, habe das Sicherheitsschloß der Abdeckplatte aufgeschlossen und entsetzt festgestellt, daß der Schacht bis zum Rand mit Wasser gefüllt war. Jetzt habe er die Feuerwehrpumpe angefordert, mit der das Wasser aus dem Schacht gepumpt werden müsse, um die Ursache für sein Volllaufen feststellen zu können.

Vater Schlag, Erwin und ich gingen mit dem Mann zu der Quelle und warteten auf die Ankunft des Pferdewagens, mit dem die Pumpe gebracht werden sollte. Als der Wagen angekommen war, mußten mehrere Männer das schwere Gerät den steilen Wiesenhang hinab zur Quelle schleppen. Nachdem der dicke Feuerwehrschlauch in den Schacht gesteckt worden war, begannen zwei Männer mit der Wippumpe, das Wasser herauszupumpen.

Es dauerte fast drei Stunden, bis ein Mann in den Schacht steigen konnte. Als er wieder nach oben kam und berichtete, der Wasserschieber sei fest zugedreht gewesen, gab es ein allgemeines, ungläubiges Kopfschütteln. Wie konnte nur jemand in den Quellenschacht gelangen, ohne die mit einem Sicherheitsschloß versehene Abdeckplatte aufzubrechen? Von einem gewaltsamen Eindringen war aber nicht die geringste Spur zu entdecken.

Erwin war natürlich stolz auf unseren gelungenen Streich, nur mich plagte tagelang ein ungutes Gefühl. Was würde bloß Vater Schlag mit uns anstellen, wenn er uns doch noch auf die Schliche käme?

Die Altenhainer werden wohl noch lange über die unerklärliche Panne in ihrer Wasserversorgung gerätselt haben.

Daß wir zwei „wohlerzogenen" Buben die Verursacher dieser Panne hätten sein können, ist ihnen glücklicherweise nie in den Sinn gekommen – und wir beide behielten das Geheimnis des Wasserschiebers wohlweislich für uns.

Fußmärsche

Eine auf Dauer wenig angenehme Seite unseres von den Sommergästen so bewunderten „Paradieses" war die große Abgeschiedenheit des Hofes. Wir waren zwar schon an das Telefonnetz angeschlossen, doch konnten nur wenige Stellen telefonisch erreicht werden.

Unser Apparat war ein damals üblicher Holzkasten mit einer Kurbel zum Anläuten der Vermittlung und einem abnehmbaren Hörrohr. Er hing an der Wand – so hoch, daß ich ihn nur mit Hilfe eines Stuhls hätte erreichen können.

Im Jahre 1925 wurde auch unser Hof mit elektrischem Strom versorgt, so daß die Petroleum- und Karbidlampen endgültig der Vergangenheit angehörten. Wenig später bekam Vater Schlag von einem Bekannten aus Kassel einen Radioapparat geliefert. Das war ein noch sehr primitiver Detektorempfänger mit Kopfhörer, auf dem man die Sendestation mit einer Nadel auf einer Kupferspule suchen mußte. Trotz der dreißig Meter langen Antenne aus Kupferdraht war der Empfang so schwach, daß schon leises Papierrascheln Vater Schlag zu einem ärgerlichen „Pst, Pst" veranlaßte.

Diese neuen Errungenschaften erleichterten uns zweifellos das Leben. Aber sie änderten nichts an den gelegentlichen Nachteilen, die wir durch die einsame Lage des Hauses in Kauf nehmen mußten.

Ob zum Sonntagsgottesdienst nach Bobenhausen, zum Zahnarzt nach Ulrichstein, zum Schuhmacher nach Feldkrücken oder zu Besorgungen nach Schotten, überallhin mußten weite und anstrengende Fußmärsche zurückgelegt werden. Hatte sich ein Gast angemeldet, wurde er mit einem Kuhgespann und dem Ackerwagen vom Bahnhof in Schotten abgeholt. Alle alltäglichen Besorgungen waren dadurch sehr zeitraubend.

Mit diesen Beschwernissen mußten natürlich nicht nur wir, sondern auch die Bewohner der anderen einsamen Höfe und in etwas geringerem Maße auch die Einwohner der abgelegenen kleinen Dörfer leben. Besonders gelitten hat darunter wohl niemand, weil es seit Menschengedenken schon immer so war.

Selbst nach harter Tagesarbeit nahmen die jungen Burschen abends oft noch stundenlange Fußmärsche in Kauf, um ein kurzes Stelldichein mit ihrer Liebsten zu haben. „Jaja“, sagten dann die Alten mit einem verständnisvollen Augenzwinkern, „wo mich die Liebe hintreibt, ist mir kein Weg zu weit.“

So richtig leid tun konnte einem allerdings unser Landbriefträger aus Ulrichstein. Er war ein kleiner, schmächtiger, aber sehr ausdauernder Mann. Schwer bepackt mit Briefen, Päckchen und Zeitungen machte er sich in aller Frühe auf den Weg – bergauf, bergab zu den Höfen und Dörfern seines Zustellbezirkes. Da er unterwegs auch die abgehende Post einsammeln mußte, kam er meist ebenso bepackt gegen Abend wieder in Ulrichstein an.

Damit er nicht auch noch einen großen Umweg über den abseits von seiner normalen Route liegenden Petershainer Hof machen mußte, hinterlegte er unsere Post bei einer Kölzenhainer Familie, von der ich sie nach dem Unterricht abholte. Als Vater Schlag während meiner Schulferien einmal eine wichtige Postsendung erwartete, schickte er mich vom Feld aus nach Kölzenhain, die Post abzuholen.

Es war ein sehr heißer Sommertag und ich von der Arbeit so müde, daß ich mich im Schatten des Hauses erst ein wenig ausruhen wollte, bevor ich mich auf den Weg machte. Das hätte ich besser nicht getan. Von der Müdigkeit übermannt, war ich bald in einen tiefen Schlaf gesunken, aus dem ich von Vater Schlag abrupt und schmerzhaft geweckt wurde. Er hatte den Postboten auf dem Wiesenpfad zum Hof kommen gesehen, war ahnungsvoll zum Haus gelaufen und hatte mich dort schlafend gefunden. Dieses Mal hatte ich das Gefühl, die Abreibung ausnahmsweise verdient zu haben.

Kamillentee und Schmierseife – wie Krankheiten behandelt wurden

Direkt lebensbedrohend konnte die einsame Lage des Petershainer Hofes werden, wenn jemand von uns ernsthaft erkrankte.

Zur Behebung von gelegentlich auftretenden Wehwehchen verfügte Mutter Schlag selbst über ein umfassendes Wissen von der Wirkung altbewährter Hausmittel:

Bei Halsschmerzen gab es heiße Milch mit Bienenhonig, bei Magenschmerzen Kamillentee und bei fiebrigen Erkältungen literweise Lindenblütentee. Geschwüre wurden mit Gänsefett behandelt. Bei Blutvergiftung mußte man die Wunde in heißer Schmierseifenlauge baden und anschließend mit Schweineschmalz bestreichen.

Auch über gelegentliche Verletzungen wie Schnittwunden, Quetschungen und Hautaufschürfungen regte sich niemand sonderlich auf. Immer wenn ich hingefallen war und weinend zu Mutter Schlag kam, was nicht selten geschah, wickelte sie ein Tuch um die Wunde und sagte tröstend: „Das heilt schneller, als du Großvater bist."

Hatte man sich wundgelaufen, genügte es zur Heilung, eine Handvoll Weizenmehl auf die entzündete Stelle zu streuen, um das Übel zu beseitigen. Gegen Zahn- und Gliederschmerzen half das Einreiben mit einer Tinktur aus Franzbranntwein, Arnikablüten und Ameisensäure.

An die Ameisensäure kam man auf ganz einfache Weise. Die Flasche mit dem Franzbranntwein und den Arnikablüten wurde bis zum Rand in ein großes Waldameisennest gesteckt. In die Flaschenöffnung kam ein Trichter, durch den die Ameisen in die Flasche rutschten. Nachdem die so gefüllten Flaschen längere Zeit der Sonne ausgesetzt waren, wurde der Inhalt durch ein Tuch gefiltert und zum Gebrauch in kleine Flaschen abgefüllt.

Ich habe gesehen, wie von Rheumaschmerzen geplagte Männer und Frauen ihre Hände einfach auf einen Ameisenhügel legten. Der ätzende Schmerz, den ihnen die beißwütigen Ameisen zufügten, war für sie offensichtlich das kleinere Übel.

Bei leichten Vergiftungen wurde auch Magermilch als Medizin eingesetzt. Ich hatte einmal probiert, wie die Samenkörner der als sehr giftig geltenden Herbstzeitlosen schmecken und mir gleich eine Menge Samenschoten in die Hosentaschen gesteckt. Als ich noch kauend zu Mutter Schlag kam, die wegen einer Erkältung im Bett lag, und ihr die Schoten zeigte, sprang sie entsetzt auf. Sie zwang mich, mehrere Liter Magermilch zu trinken, damit ich das giftige Zeug erbrechen sollte.

Ich habe jedoch, zur Verwunderung der ganzen Familie, weder erbrochen noch unter sonstigen Folgen der Giftmahlzeit gelitten. Vater Schlag bemerkte dazu nur: „Der Bub hat halt einen Saumagen, der würde sogar Schuhnägel vertragen."

Weniger Glück hatten da unsere beiden Zwillingsrinder. Als Vater Schlag, wie an jedem Abend vor dem Schlafengehen, noch einmal in den Stall schaute, hatten die beiden so aufgeblähte Bäuche, daß sie kaum atmen konnten. Sie waren am Nachmittag auf der Weide gewesen, auf der ich die Herbstzeitlosen gefunden hatte. Am anderen Morgen hingen sie schon abgehäutet in der Scheune. Vater Schlag hatte sie noch in der Nacht notschlachten lassen müssen, um wenigstens das Fleisch zu retten. Sehr nachdenklich bin ich an diesem Morgen in die Schule gegangen.

In der Gegend gab es auch eine alte Frau, von der viele glaubten, daß sie Krankheiten nicht nur mit Kräutern, sondern auch durch geheimnisvolle Zaubersprüche heilen könne. Ob sie dies wirklich konnte, habe ich nie erfahren, aber sie erfreute sich eines regen Zuspruchs. Weit mehr als zu Menschen wurde sie jedoch zu kranken Kühen und Schweinen gerufen.

Mutter Schlag hielt nichts von der „Weisen Frau" und ihrem „Hokuspokus", wie sie es nannte. „Die steht mit dem Teufel im Bund", sagte sie, „und mit dem wollen wir doch lieber nichts zu tun haben."

Ein typischer Landarzt

Wenn bei uns jemand ernsthaft erkrankte, wurde Dr. Bruchhäuser aus Ulrichstein gerufen. Der Doktor war noch ein typischer Landarzt. Immer einsatzbereit, aber im Umgang mit seinen Patienten ruppig und kein bißchen zimperlich. Auch ich hatte zweimal das Pech, mit seiner groben Art Bekanntschaft zu machen.

Mutter Schlag hatte ihn gerufen, weil ich schon seit Tagen an einer eitrigen Mandelentzündung litt, hohes Fieber und rasende Kopfschmerzen hatte und keinen Laut mehr heraus bekam. Der Doktor schaute mir stumm in den Hals, verabreichte mir eine Spritze und gab Mutter Schlag einige Behandlungsanweisungen.

Danach sagte er mit nicht zu überhörender Schadenfreude: „Du wirst mir so schnell nicht mehr mit deinem lauten Schreien und Singen ein Wild vergrämen, wie du es kürzlich getan hast, als ich einen Rehbock nach stundenlangem Ansitzen so schön waidgerecht vor der Flinte hatte."

Ein zweites Mal mußte der Doktor meinetwegen gerufen werden, weil ich mir auf eine ganz dumme Weise ein Auge verletzt hatte. Während ich an einem schönen Sonntagmorgen das Vieh auf der Pfingstweide hütete, hatte ich aus Langeweile versucht, mit meinem Weidestock einen Harzklumpen vom Stamm eines Kirschbaumes zu stoßen. Als der Harzklumpen plötzlich nachgab, während ich mich über ihn beugte, traf der Stock mit voller Wucht mein rechtes Auge.

Trotz meiner rasenden Schmerzen hatte ich das noch hungrige und deshalb unwillig folgende Vieh in den Stall getrieben und mich dann stöhnend in mein Bett verkrochen. Als der Doktor am späten Nachmittag bei uns eintraf, ließ er sich von Mutter Schlag zuerst die Ursache meiner Verletzung erklären, zog vorsichtig mein geschwollenes Augenlid hoch und brummte: „Das ist ja eine schlimme Sache."

Nachdem er mir ein Mittel gegen die Schmerzen gespritzt hatte, zog er den Augapfel aus der Augenhöhle, entfernte mehrere Harzstückchen, die mit dem Stock eingedrungen waren, und brachte den Augapfel wieder in seine alte Lage. Zum Schluß träufelte er irgendwelche Tropfen in das Auge und verschloß es mit einer Augenklappe.

So schlimm, wie sich diese Prozedur anhört, hab ich sie damals kaum empfunden. Die Spritze, die mir der Doktor gegeben hatte, muß wohl ein so starkes Schmerzmittel gewesen sein, daß ich den Eingriff apathisch über mich ergehen ließ.

Als Dr. Bruchhäuser eine Woche später nochmals zu uns kam, war mein Auge fast wieder heil. Er strich mir mit der Hand über den Kopf und sagte: „Da hast du aber noch einmal Glück gehabt, mein Lieber. Du hättest leicht ein Auge verlieren können." Unser guter Doktor war wohl doch nicht so ein Brummbär, wie er sich gerne gab. Er konnte anscheinend nur nicht zeigen, welch ein mitfühlendes Herz er hatte.

Erwin war einmal so schwer krank, daß wir das Schlimmste befürchten mußten. Er hatte schon seit Tagen über immer stärker werdende Brust- und Rückenschmerzen geklagt, die sich seine Mutter nicht erklären konnte.

Als er dann noch so hohes Fieber bekam, daß er kaum mehr ansprechbar war, wurde der Doktor gerufen. Dieser diagnostizierte eine trockene Rippenfellentzündung und ließ nichts unversucht, das Fieber zu senken. Schließlich mußte er eingestehen, daß er mit seiner Kunst am Ende war. Zur damaligen Zeit gab es noch nicht das lebensrettende Penicillin, so daß diese Krankheit aus Mangel an wirksamen Medikamenten fast immer einen tödlichen Verlauf nahm.

Wir alle waren so sehr um Erwin besorgt, daß wir unseren täglichen Verrichtungen nur noch wie gelähmt nachgehen konnten. Da kam zufällig ein Arzt aus Hamburg als Jagdgast auf den Hof. Mutter Schlag schilderte ihm Erwins Zustand und das vergebliche Bemühen unseres Hausarztes.

Der Hamburger Arzt untersuchte Erwin eingehend und sagte dann: „Da hilft nur noch eine Roßkur, mit der ich schon oft Erfolg hatte." Er ließ sich Schmierseife geben und rieb damit Erwins Brust und Rücken dick ein. Nachdem er Erwin fest in ein Bettuch eingewickelt hatte, meinte er beruhigend: „Ich bin ganz sicher, daß der Junge wieder gesund wird."

Nach mehrmaligem Wechseln des Schmierseifenwickels war Erwin fieberfrei und wieder ansprechbar, doch auf Brust und Rücken hatte sich seine Haut in Fetzen gelöst. Der Ärmste muß furchtbar gelitten haben. Es dauerte einige Zeit, bis auch die äußerlichen Folgen der Schmierseifenbehandlung verschwunden waren. Wir alle waren überglücklich und dem fremden Arzt für seine „Wunderbehandlung" sehr dankbar.

Kaum war Erwin wieder gesund, da bekam Vater Schlag anhaltende starke Schmerzen im rechten Unterbauch. Dr. Bruchhäuser stellte eine Blinddarmentzündung im fortgeschrittenen Stadium fest und überwies ihn zur Operation an das Krankenhaus in Laubach.

Vater Schlag nach Laubach zu transportieren, war ein echtes Problem. In Ermangelung eines anderen Transportmittels stellte sich auch diesmal wieder der Bauer Heinrich Schmitz aus Kölzenhain mit seinem Pferdegespann zur Verfügung.

Für Vater Schlag muß die lange Fahrt die reinste Tortur gewesen sein. Obwohl er auf einer dicken Lage Stroh und mehreren Decken lag, setzte ihm das heftige Rütteln und Stoßen des ungefederten Ackerwagens auf der holprigen Straße so zu, daß er unterwegs vom Wagen kletterte und sich, an ihm festhaltend, nachziehen ließ.

Die Nachricht von Vater Schlags gefährlicher Erkrankung muß sich schnell verbreitet haben. Kaum war er fort, da rief schon unser Schuhmacher aus Feldkrücken an und fragte Mutter Schlag – er war nicht besonders zimperlich –, ob er mich haben könne, wenn ihr Mann die Operation nicht überleben würde.

Natürlich hatte ich nicht hören können, was der Schuhmacher gefragt hatte, aber die Antwort von Mutter Schlag traf mich wie ein Blitz aus heiterem Himmel: „Wenn meinem Mann das Schlimmste zustoßen sollte", hörte ich sie sagen, „was Gott verhüten möge, dann können Sie den Hans haben."

Ich kam mir vor wie ein Hund, den man einfach weiterverschenkt, wenn sein Herrchen gestorben ist. Wie gelähmt schlich ich in mein Scheunenversteck und gab mich dort lange weinend meiner Verzweiflung hin.

Man hatte mir beigebracht, „Vater" und „Mutter" zu sagen, und mich voll in die Familie aufgenommen, so daß ich die Erinnerung an die Jahre vor meiner Ankunft auf dem Petershainer Hof völlig verdrängt hatte. Selbst mein anderer Familienname hatte nie gestört, da ich immer beim Vornamen gerufen wurde. Aber jetzt war mir erschreckend klar geworden, daß ich in Wirklichkeit nur eine Sache war, über die man nach Gutdünken verfügen konnte.

Vater Schlag überstand die Operation komplikationslos und war bald wieder zu Haus. Das einzige Relikt, das an die schweren Tage noch erinnerte, war der abgeschnittene Wurmfortsatz, den man ihm in einer mit Spiritus gefüllten Glasröhre mitgegeben hatte.

Für mich jedoch war die Welt nicht mehr so unbeschwert wie vor dem Anruf des Schuhmachers. Ich fühlte mich noch lange bedrückt und vermied es möglichst, „Vater" und „Mutter" zu sagen. Von dem Ansinnen des Schuhmachers und der Bereitschaft von Mutter Schlag, mich ihm gegebenenfalls zu überlassen, wurde nie mehr gesprochen, so daß ich den schmerzlichen Schock ganz allmählich überwand.

Das Leben auf dem Hof nahm wieder seinen gewohnten Verlauf. Nur ich dachte manchmal darüber nach, was wohl aus mir geworden wäre, wenn Vater Schlag nicht zurückgekommen wäre.

Abschied vom Petershainer Hof

Es wird wohl die Sorge von Vater Schlag um die Zukunft seiner Kinder, Karlinchen und Erwin, gewesen sein, die ihn veranlaßt hatte, seine Versetzung zu dem frei gewordenen Forstamt Weickartshain zu beantragen.

Für Karlinchen, die inzwischen im heiratsfähigen Alter war, gab es kaum Gelegenheit, einen passenden Ehepartner zu finden – und Erwin konnte auf der Realschule in Schotten nicht die zum Studium notwendige Reifeprüfung ablegen. Das etwa eineinhalb Fußstunden vom Hof entfernte Weickartshain hatte bereits eine Bahnstation und die nahe Kreisstadt Grünberg eine Oberrealschule mit Abiturabschluß.

An einem Tag im Oktober 1927 war es dann soweit, wir verließen den mir so lieb gewordenen Petershainer Hof.

Vater und Mutter Schlag waren mit Karlinchen in einem großen Möbelwagen vorausgefahren. Erwin und ich legten den Weg auf dem Pferdewagen des immer hilfsbereiten Bauern Schmitz aus Kölzenhain zurück. Unsere zwei besten Milchkühe marschierten – mit einem Strick am Wagen angebunden – hinter uns her. Die übrigen Kühe, Schafe, Enten und Gänse waren vorher verkauft worden.

Dorfleben

Das Weickartshainer Forsthaus war von Anfang an als solches gebaut worden. Separat davon gab es aber auch eine Scheune mit je einem Stall für maximal drei Kühe und für Schweine. Dazu einen geräumigen Holzschuppen, einen gepflasterten Hof – mit der obligatorischen Mistgrube – und daran anschließend einen großen Garten. Die zum Forstamt gehörende landwirtschaftliche Nutzfläche war um ein Vielfaches geringer als auf dem Petershainer Hof.

Es dauerte einige Zeit, bis wir uns an das Dorfleben und die Gegenwart vieler Menschen in nächster Nähe gewöhnt hatten. Doch dann waren wir alle ohne Vorbehalt in die Dorfgemeinschaft integriert. Vater Schlag gehörte zum Stammtisch der Dorf-Honoratioren: neben dem Herrn Bürgermeister, dem Herrn Lehrer, dem Herrn Bahnhofsvorsteher und dem Herrn Bergwerksingenieur. Erwin wurde in den Junggesellenverein aufgenommen, und ich hatte schon von der Schule her jede Menge Spielkameraden.

Die Burschen des Junggesellenvereins praktizierten noch den alten Brauch der Dorfjagdverpachtung. Dabei ging es nicht etwa um Hasen und Rehe, sondern um Mädchen! In der Regel waren es vier Burschen, die sich durch Bezahlen der Pachtsumme in die Vereinskasse das Recht erworben hatten, von den ankommenden Freiern aus anderen Dörfern einen Wegezoll in klingender Münze zu erheben. Wer nicht zahlen wollte, durfte das Dorf nicht betreten, um seine Auserwählte zu treffen. Wurde er dennoch im Dorf erwischt, bekam er eine solche Abreibung, daß ihm die Lust auf ein Wiederkommen verging. Eine Folge dieses merkwürdigen Brauches war wohl die in manchen Dörfern festzustellende Inzucht, die sich gelegentlich in allerlei Mißbildungen bei den Kindern zeigte.

Natürlich war ich auch hier, wie die meisten Kinder des Dorfes, während der schulfreien Zeit in den täglichen Arbeitsablauf einbezogen, doch an den Sonntagen war nachmittags Zeit zum Spielen.

Wir spielten im Wald Räuber und Gendarm, ärgerten die spazierengehenden Mädchen oder beschlichen Liebespärchen. Möglichkeiten gab es mehr als genug.

Irgendwann beschlossen wir, einen Fußballclub zu gründen. Ich wurde bei unserem ersten Spiel gegen die Mannschaft eines

Nachbardorfes als Torwart aufgestellt. Bei diesem Spiel bekam ich so viele schmerzhafte Blessuren, daß ich nie mehr ein Fußballfeld betreten habe. Statt dessen gründete ich mit einigen jüngeren Schulkameraden einen Mundharmonikaclub. Das war weniger anstrengend und erfreute auch noch unsere gelegentlichen Zuhörer.

Das Leben in der Dorfgemeinschaft unterschied sich sehr von dem Leben auf dem Petershainer Hof. Besonders deutlich spürten wir das, wenn wir backen wollten. Es gab hier je ein Gemeindebackhaus für das Ober- und das Unterdorf. Wenn Mutter Schlag Brot backen wollte, mußte sie zuerst feststellen, ob das Backhaus auch frei war. Vor den hohen Feiertagen, also an Ostern, Pfingsten und Weihnachten, wurden die Termine für das Backen der Kuchen für die zahlreichen Interessenten sogar durch Los bestimmt.

Die meisten Frauen schleppten gleich drei große Kuchenbleche zum Backhaus – und zwar je eines unter die Arme geklemmt und eines auf dem Kopf. Dabei wurden sie, zu ihrem großen Ärger, nicht selten von dem zahmen Raben des Lehrers Pickel belästigt. Der freche Vogel flog stets auf den

oberen Kuchen und naschte von dem Belag, ohne daß die Frauen ihn verjagen konnten, da sie ihre Hände ja nicht frei hatten.

Konfirmandenzeit

Inzwischen neigte sich meine Volksschulzeit immer mehr dem Ende zu. Wir Schulabgänger mußten zweimal in der Woche zum Konfirmandenunterricht in unser zuständiges Pfarrdorf Freienseen gehen, wo wir hauptsächlich den Katechismus auswendig lernten.

Den Konfirmanden wurden üblicherweise auch in unserer Gemeinde einige Sonderaufgaben übertragen. So durften – oder mußten – jeweils zwei Buben beim Sonntagsgottesdienst die Vaterunserglocke läuten, ebenso bei Beerdigungen. Wir hatten den „Läut-Dienst" perfekt organisiert: Zwischen dem Trauerhaus und der Kirche wurden an jeder Ecke Jungen postiert, die durch Winken dem Glöckner signalisierten, daß er mit dem Läuten beginnen konnte, sobald der Trauerzug das Haus verließ.

Beim Besuch der Gottesdienste war mir die alte, verblichene und von Motten zerfressene Altardecke in unserer Kirche aufgefallen. Vor hohen Feiertagen versuchten zwar einige Frauen regelmäßig, den erbärmlichen Zustand der Decke zu kaschieren, indem sie Blümchen in die Mottenlöcher steckten, doch wurde die Decke dadurch auch nicht viel ansehnlicher. Geld für eine neue Decke war nicht vorhanden, und ich überlegte, wie ich Abhilfe schaffen könnte.

Kurz entschlossen und ohne zu Hause etwas von meinem Vorhaben zu sagen, ging ich von Haus zu Haus und bat um eine Spende für die Anschaffung einer neuen Altardecke. Den Namen und die Höhe der Spende ließ ich von jedem Spender in mein Notizbuch eintragen.

Als ich Mutter Schlag das von den Dorfbewohnern großzügig gespendete Geld zeigte, reagierte sie entsetzt über meine Eigenmächtigkeit. „Mein Gott," sagte sie, „was werden die Leute sagen? Am Ende glauben sie noch, daß du das Geld für dich gebettelt hast."

Sie ging mit mir zu der Frau des Bahnhofsvorstehers, die Mitglied des Presbyteriums unserer Pfarrei war. Die erklärte sich sofort bereit, mit uns zu unserem Pfarrer nach Freienseen zu gehen und ihm mein Anliegen vorzutragen.

Der Pfarrer war erfreut über das Engagement eines seiner Konfirmanden und versprach, schnellstens eine neue Altardecke in Auftrag zu geben.

Schon beim Ostergottesdienst konnten alle in unserer kleinen Dorfkirche die neue, mit reichlicher Goldstickerei verzierte Altardecke bewundern – und auch Mutter Schlag war am Ende wohl doch ein bißchen stolz auf mich.

Am Ostermorgen 1930 wurde ich mit dem umgeänderten Konfirmationsanzug von Erwin, einem weißen Hemd mit gestärktem Kragen und erstmals auch mit einem Schlips fein herausgeputzt. Zum Schluß steckte Vater Schlag mir eine neue Taschenuhr, wie sie üblicherweise jeder Konfirmand geschenkt bekam, in die Westentasche und befestigte die vergoldete Uhrkette, für alle sichtbar, an einem Knopfloch.

Nachdem mich alle in meinem Festtagsgewand ausgiebig bewundert hatten, marschierte ich mit den anderen Konfirmanden zur Pfarrkirche nach Freienseen. Unterwegs fragte immer wieder der eine den anderen nach der Uhrzeit; natürlich nur, um seine schöne Uhr bewundern zu lassen!

Während des feierlichen Gottesdienstes wurden wir vom Pfarrer der Gemeinde namentlich vorgestellt, mußten Katechismusfragen beantworten, das Glaubensbekenntnis hersagen und bekamen dann zum ersten Mal das heilige Abendmahl gereicht. Mit dem feierlichen Segen des Pfarrers waren wir nun vollgültige Mitglieder der Kirchengemeinde geworden.

Der Ausklang unseres Ehrentages war für uns Konfirmanden jedoch alles andere als rühmenswert.

Einem alten Brauch folgend, versammelten wir uns an einem Treffpunkt und besuchten dann gemeinsam die Familien aller Neukonfirmierten. Am Ende unserer Visite war keiner von uns mehr sicher auf den Beinen. Überall wurden wir wie Erwachsene behandelt, was uns natürlich sehr gefiel. Bei einer Familie bekamen wir Wein zu trinken, bei einer anderen Schnaps, bei der dritten Likör – und das wiederholte sich bis zur letzten Familie. Als ich mit verschleierten Augen und furchtbaren Kopfschmerzen endlich heimkam, hatte ich nur noch den einen Wunsch, schnell schlafen zu gehen.

Am anderen Morgen hatte ich noch immer einen fürchterlichen Brummschädel. Ich bereute meine Dummheit zu glauben, der übermäßige Genuß alkoholischer Getränke würde für mich straflos bleiben. Daß es den anderen an diesem Tag auch nicht besser gehen würde, war für mich kein Trost. Ganz elend und zerknirscht schwor ich mir, nie wieder einen Tropfen Alkohol zu trinken.

Der Flensunger Hof

Nun war ich aus der Schule entlassen – und immer dringender stellte sich mir die Frage, welchen Beruf ich ergreifen solle.

Ich wäre gerne dem Beispiel der beiden jungen Burschen aus dem Dorf gefolgt, die in Gießen eine kaufmännische Lehre absolvierten. Doch leider lehnte Vater Schlag dies ab – zum einen aus Kostengründen, zum andern mit dem Hinweis, daß nach meiner Schulentlassung das Mainzer Jugendamt für mein weiteres Fortkommen verantwortlich sei.

In dieser Zeit eröffnete sich mir ganz zufällig eine völlig neue Berufsperspektive. Ein Mitschüler hatte mich eingeladen, an einer der Bibelstunden teilzunehmen, die einmal wöchentlich im Haus seiner Eltern gehalten wurden – und zwar von Herrn Peters, dem Leiter des einige Kilometer von Weickartshain entfernten Bibelheims „Flensunger Hof" (einer Niederlassung der Schweizer Pilgermission St. Chrischona). Ich war von dieser Bibelstunde so angetan, daß ich fortan regelmäßig daran teilnahm.

Schon als kleiner Junge war ich von den biblischen Geschichten, die Mutter Schlag mir gelegentlich erzählt hatte oder die ich in der Schule auswendig lernen mußte, fasziniert. Doch verstanden hatte ich sie eigentlich nie so recht. Für mich blieben viele Fragen offen. Fragen, die mir weder Mutter Schlag noch die Sonntagspredigten unseres Pfarrers zufriedenstellend beantworten konnten.

Als Kind hatte ich etwa gefragt: „Wie sieht der liebe Gott aus, und warum gibt er mir keine Antwort, wenn ich mit ihm spreche? – Warum kann ich meinen Schutzengel nicht sehen, wo er doch immer bei mir sein soll? – Haben wir nur einen Gott, oder sind der liebe Heiland und der Heilige Geist auch Götter?" Mit zunehmendem Alter beschäftigten mich tiefergehende Fragen, wie zum Beispiel die Frage nach dem Sinn unseres Erdendaseins und dem Leben in der Ewigkeit. Die Antworten waren fast ausschließlich meiner eigenen Phantasie überlassen geblieben.

In den Bibelstunden, die ich besuchte, war alles anders als bei den offiziellen Sonntagspredigten, die ich mehr oder weniger gelangweilt über mich ergehen ließ. Hier fühlte ich mich persönlich angesprochen und angenommen; es gab keinen erhobenen Zeigefinger und kein rhetorisches Pathos. Herr Peters hielt keine monotonen Predigten, sondern erklärte verständlich und einprägsam den Sinn der Bibeltexte, die er jeweils vorgelesen hatte. Ich glaube, daß jede Bibelstunde für alle Teilnehmer stets ein großer Gewinn gewesen ist.

Mir wurde die Zeit zwischen den Bibelstunden in Weickartshain bald zu lang. Und so machte ich mich eines Tages auf den Weg zum Flensunger Hof, wo ich hoffte, Herrn Peters auch einmal ganz alleine sprechen zu können. Ich hatte noch so viele Fragen, die zu stellen ich mich während der Bibelstunden nie so recht getraut hatte.

Das Bibelheim fand ich etwas abseits von Flensungen auf einer kleinen Anhöhe. Es erinnerte mich äußerlich an ein großes Hotel, wie ich es in Schotten gesehen hatte. Hier war nur alles viel ansprechender. Um das Haus herum gab es überall bunte Blumenbeete und blühende Sträucher; hinter dem Haus erstreckte sich ein großer gepflegter Park mit schönen alten Bäumen.

Auch im Innern glich das Haus einem Hotel mit Empfangshalle, Versammlungsraum, Speisesaal und Gästezimmern. Doch eins war hier ganz anders: Anstelle der hektischen Betriebsamkeit, wie sie meist in den Hotelhallen anzutreffen ist, empfing mich eine wohltuende Stille.

Von Herrn Peters erfuhr ich, daß der Flensunger Hof immer viele Gäste beherbergte. Es seien allesamt Menschen, die nach dem wahren Sinn des Lebens suchten oder die in ihrem Glauben wachsen wollten. Hier, in der Gemeinschaft Gleichgesinnter, könnten sie neue Kraft und Zuversicht für ihr Leben schöpfen.

Bei einem späteren Rundgang durch Haus und Garten konnte ich mich davon überzeugen, daß auch für das körperliche Wohl der Gäste hervorragend gesorgt war. In der Küche bereitete die Köchin mit ihren Helferinnen schmackhafte Speisen zu; andere Mitarbeiter hielten die Gästezimmer und das ganze Haus in Ordnung. In dem Gemüsegarten wurde nahezu alles gezogen, was für die Küche gebraucht wurde. Auch an einem zünftigen Schlachtfest konnte ich einmal teilnehmen.

So oft ich nur konnte, habe ich in den folgenden Wochen und Monaten den Flensunger Hof aufgesucht. Eines Tages erhielt ich dann auch endlich eine befriedigende Antwort auf meine Frage nach dem Sinn des Lebens.

Herr Peters erklärte mir in etwa das folgende: „Gott hat alle Menschen geschaffen. Aber er hat sie nicht als Maschinen geschaffen, sondern ihnen einen freien Willen gegeben. Das heißt, daß jeder selbst bestimmen kann, ob er ein Leben ohne Gott führt, was aber leider im Verderben endet, oder ob er als Nachfolger Jesu lebt und dadurch Gemeinschaft mit unserem himmlischen Vater hat. Gott liebt alle Menschen, und sein Wunsch ist es, daß auch wir ihn von ganzem Herzen lieben und nach seinen Geboten leben."

„Ich will Missionar werden"

Der tiefe Glaube der Chrischona-Missionare und ihre Herzlichkeit beeindruckte mich so sehr, daß in mir der Wunsch erwachte, selbst einmal Missionar zu werden und in Afrika oder Asien den Menschen von meinem Glauben an Christus zu erzählen.

Als ich meinen neuen Berufswunsch Herrn Peters gegenüber erwähnte, zeigte er sich zwar erfreut, erklärte mir aber, daß ich zuvor einen praktischen Beruf erlernen müsse, da dies Vorbedingung für die Missionsarbeit sei.

Von allen praktischen Berufen erschien mir damals der Schmiedeberuf am attraktivsten. Ich hatte schon immer mit großem Interesse unserem Dorfschmied bei seiner Arbeit zugeschaut. Vater Schlag hatte meinen Berufswunsch dem Mainzer Jugendamt mitgeteilt und die Antwort erhalten, daß man sich um eine Lehrstelle für mich bemühen werde.

Auf die Nachricht des Jugendamtes, wann und wo ich meine Lehrstelle antreten sollte, wartete ich lange Zeit vergebens. Da es für mich in unserer kleinen Landwirtschaft nicht genug zu tun gab, machte ich mich wochentags auf dem Flensunger Hof mit allerlei Handreichungen nützlich.

Als erstes mußte ich beispielsweise in aller Frühe die vor den Zimmern der Gäste abgestellten Schuhe einsammeln und sie, nachdem ich sie auf Hochglanz gebracht hatte, wieder vor die richtige Tür stellen. Das war eine Arbeit, die mir ganz und gar nicht gefiel. Am Schuhputzen hatte ich noch nie Spaß gehabt – und ich hatte auch bald einen Weg gefunden, von dieser ungeliebten Arbeit entbunden zu werden.

Nachdem sich immer öfters Gäste bei der Heimleitung darüber beschwert hatten, daß sie morgens vor ihrer Zimmertür zwei linke oder zwei rechte Schuhe, einen schwarzen und einen braunen oder einen Herren- und einen Damenschuh vorgefunden hatten, war ich den Job los und wurde dem alten Gärtnerehepaar als Gehilfe zugeteilt. Hier war ich wieder in meinem Element, mußte nicht allzu früh aufstehen und wurde außerdem von der lieben alten Dame mit allerlei Süßigkeiten verwöhnt.

Das Abendessen durfte ich mit den Tagungsgästen an einem Tisch einnehmen. Eine dieser Mahlzeiten werde ich nie vergessen. Es gab Pellkartoffeln und Salzheringe. Als ich versuchte, auf meinem Teller eine in der Soße liegende Kartoffel mit der Gabel kleinzudrücken, flutschte diese im hohen Bogen davon und landete prompt im Ausschnitt meiner Nachbarin. Wie peinlich mir das war, kann ich gar nicht sagen.

Der Ersatzprediger

An einem Sonntag im Mai kam ein junger Mann, den ich von Veranstaltungen in Flensungen her kannte, auf seinem Motorrad zu uns nach Weickartshain gefahren. Er bat mich, mit ihm an einer nachmittäglichen Bibelstunde in einem Nachbardorf teilzunehmen.

Unterwegs ließ er dann die Katze aus dem Sack. Er sagte, Herr Peters sei erkrankt, und ich müsse deshalb die Bibelstunde halten. Ich war sehr erschrocken und weigerte mich mit dem Argument, daß ich dafür viel zu jung sei – und natürlich war ich auch nicht vorbereitet.

Mein Freund erklärte mir daraufhin, eigentlich habe ja *er* den Auftrag bekommen, Herrn Peters zu vertreten. Aber er fühle sich hierzu nicht imstande, da er kein Rednertalent sei. Ich könne dagegen frei reden, und er sei fest davon überzeugt, daß ich den Herrn Peters würdig vertreten würde.

Ich fühlte mich wie ein Nichtschwimmer, den man unvermittelt in ein tiefes Wasser gestoßen hat und der nun die Wahl hat, zu schwimmen oder zu ertrinken. Also gut! Ertrinken wollte ich auf keinen Fall. Während wir dem Nachbarort immer näher kamen, überlegte ich krampfhaft, wie ich die Bibelstunde gestalten könnte. Zum Glück fiel mir eine Predigt von Herrn Peters ein, die mich sehr berührt hatte, und ich beschloß, diese Predigt möglichst wortgetreu zu wiederholen.

Als wir die Bauernstube betraten, in der sich bereits viele meist ältere Frauen und auch einige Männer versammelt hatten, begann eine Frau sofort, auf dem Harmonium ein Eingangslied zu intonieren. Ich setzte mich auf den reservierten Platz, stellte meinen Freund und mich vor und entschuldigte den erkrankten Herrn Peters.

Nach einem kurzen Gebet schlug ich die Bibel auf, las mit ruhiger Stimme den Bibelabschnitt von der Auferweckung der Tochter des Jairus vor und wiederholte dann ziemlich wortwörtlich die mir in Erinnerung gebliebene Auslegung von Herrn Peters. Nach einem Fürbitte- und Dankgebet sangen wir zum Abschluß noch das Lutherlied: „Ein feste Burg ist unser Gott".

Als die Veranstaltung zu Ende war, küßte mir eine alte Frau die Hand und sagte unter Tränen: „Sie sind ein gottbegnadeter Mann, ich habe noch nie eine so schöne Predigt gehört wie heute."

Ich war einigermaßen verlegen, stellte aber dann fest, daß die gute Frau blind war. Sie konnte also nicht wissen, daß ich noch ein Bub von 15 Jahren in kurzen Hosen war.

Ich war sehr erleichtert und nicht wenig stolz, daß ich meinen ersten Auftritt als Prediger mit diesem Erfolg hinter mich gebracht hatte. Daß es auch mein letzter gewesen war, konnte ich damals nicht wissen.

Der gute Herr Peters war zunächst sprachlos, als er von meiner Stellvertretung erfuhr, zeigte sich dann aber sehr erleichtert, nachdem man ihm berichtet hatte, wie gut alles verlaufen sei.

Kurz nach dieser Begebenheit endete für mich die glückliche Zeit am Flensunger Hof, weil ich eine Lehrstelle antreten sollte. Als ich mich von Herrn Peters verabschiedete, schenkte er mir eine Gitarre, die heute noch im Besitz einer meiner Enkel ist, und ein Neues Testament – mit der ernsten Mahnung, keinen Tag vergehen zu lassen, ohne ein Kapitel daraus gelesen und in meinem Herzen bedacht zu haben.

Der Mahnung von Herrn Peters bin ich nach Möglichkeit immer nachgekommen – und ich kann heute sagen, daß es nicht zuletzt sein Einfluß gewesen ist, dem ich es verdanke, daß ich meine gefahrvollen Jugendjahre, ohne Schaden zu nehmen, überstanden habe. Daß ich schließlich doch kein Missionar geworden bin, lag an den besonderen Lebensumständen, denen ich ausgesetzt war. Und es war wohl auch nicht im Ratschluß Gottes für mich vorgesehen.

Und wieder allein

Es war schon Mitte Juni, als die Nachricht vom Jugendamt aus Mainz kam, daß eine Lehrstelle für mich bei einem Schmiede- und Schlossermeister in Hergershausen bei Dieburg gefunden worden sei. Ich solle umgehend nach Mainz kommen, von wo ich zu meiner Lehrstelle gebracht würde.

Mutter Schlag packte meine wenigen Habseligkeiten in einen Pappkarton, beschwor mich, immer brav und fleißig zu sein, umarmte und küßte mich, und dann ging Vater Schlag mit mir zum Bahnhof. Als der kleine Bummelzug hielt, half Vater Schlag mir in den einzigen Personenwagen, gab mir noch einige Verhaltensregeln mit auf den Weg, küßte mich auf beide Wangen und winkte mir so lange hinterher, bis der Zug hinter einer Biegung verschwand.

Mir wurde plötzlich schmerzlich bewußt, daß ich nun ganz alleine war, und ich hatte Mühe, meine aufsteigenden Tränen zu unterdrücken. Schon jetzt überfiel mich ein so brennendes Heimweh, daß ich am liebsten aus dem langsam dahinbummelnden Zug gesprungen und heimgerannt wäre.

Warum ich nicht bei meinen Pflegeeltern bleiben durfte, habe ich damals nicht verstanden. Es gab nämlich auch in Weickartshain eine Schmiede- und Schlosserwerkstatt, wo ich als Lehrling hätte ankommen können. Vielleicht waren sie der Meinung, es sei an der Zeit, daß ich auf eigenen Füßen zu stehen lernte. Im nachhinein kann ich jedoch sagen, daß diese Entscheidung meiner Pflegeeltern in jeder Hinsicht gut für mich war.

Auf der langen Bahnfahrt nach Mainz wurde mein Abschiedsschmerz immer mehr durch das Beobachten der ständig wechselnden Landschaft entlang der Bahnlinie verdrängt – vor allem jedoch durch die Vorfreude auf das Wiedersehen mit meinem Bruder Willi und meiner Tante Anna.

Willi hatte sich beim Jugendamt nach meiner Adresse erkundigt und dabei erfahren, daß ich bald nach Mainz kommen würde. Daraufhin hatte er mir geschrieben – es war sein erster Brief an mich in den vergangenen neun Jahren! –, ich möge etwas früher kommen, damit wir bei Tante Anna gemeinsam ein Wochenende verbringen könnten.

Nun war ich sehr gespannt, ob wir uns nach so vielen Jahren überhaupt wiedererkennen würden. Schließlich waren wir beide keine kleinen Kinder mehr.

Ein Wiedersehen in der alten Heimat

Als ich in Mainz ankam, war es bereits dunkel, und ich hatte einige Mühe die richtige Straßenbahn zu finden. Nach mehrmaligem Umsteigen und einer langen Fahrt durch die Stadt landete ich schließlich an der Endstation, am Weisenauer Rheinufer.

Auf meinem Weg durch die enge „Wassergasse" und über den Marktplatz kam mir schon alles viel bekannter vor. Ich wunderte mich, daß sogar die Bäckerei Weiberich noch existierte, in der uns damals manchmal trockene Brötchen oder ein altbackenes Brot zugesteckt worden waren. Endlich hatte ich mich bis in das Neubaugebiet durchgefragt, in dem Tante Anna lebte.

Als ich vor ihrer Wohnungstür stand, wurde mir auf einmal bewußt, daß ich in den neun Jahren meiner Trennung von Willi nicht einmal auf den Gedanken gekommen war, mich nach seinem Verbleib zu erkundigen. Ich war so ganz und gar der „Försters-Hans" geworden, daß ich die Zeit vor meiner Ankunft auf dem Petershainer Hof fast völlig vergessen hatte. Jetzt waren es nicht nur die vielen Treppenstufen, die mein Herz schneller pochen ließen, es war auch die bange Frage, ob die beiden mich überhaupt wiedererkennen und wie sie mich aufnehmen würden.

Auf mein Klopfen hin wurde die Tür aufgerissen – und vor mir stand Willi, groß und kräftig, schon ein richtiger Mann. Wortlos zog er mich in die Wohnung, und dann drückte er mich so heftig an sich, daß ich kaum noch atmen konnte. Dabei sagte er immer wieder mit tränenerstickter Stimme: „Hänschen, Hänschen, was bin ich froh, daß ich dich wieder habe!"

Tante Anna sah noch so aus, wie ich sie in Erinnerung hatte. Ihre Begrüßung war nicht weniger stürmisch, dann drehte sie mich einige Male um meine Achse und sagte bewundernd: „Bübchen, bist du das wirklich? Du bist ja ein richtiges Mannsbild geworden!" In ihrer Erinnerung war ich wohl immer das halbverhungerte Kerlchen von damals geblieben.

Als sich der Begrüßungsüberschwang etwas gelegt hatte, entdeckte ich in einer Zimmerecke meine kleine Cousine Anneliese, die ich heute zum ersten Mal sah. Das kleine Mädchen war anfänglich noch etwas scheu, wurde aber bald so zutraulich, daß sie nur noch auf meinem Schoß sitzen wollte. Meine Vettern, Fritz und Eugen, kamen etwas später. Beide waren Lehrlinge, Fritz bei einem Bäcker und Eugen bei einem Friseur. Trotz der langen Trennung waren wir uns sofort vertraut.

Nach dem Abendessen saßen wir noch bis in die tiefe Nacht beisammen, schließlich hatten wir uns sehr viel zu erzählen. Auf meine Frage nach Onkel Fritz erfuhr ich, daß er schon lange kein Rheinschiffer mehr sei und von seiner Familie getrennt in Mainz wohne. Er käme nur hin und wieder, um das Unterhaltsgeld abzuliefern. Irgendwie muß er von meiner Rückkehr nach Mainz erfahren haben, denn am nächsten Tag stand er überraschend vor der Tür, um mich ebenfalls zu begrüßen. Er war noch immer so glatzköpfig und dickbäuchig, wie ich ihn in Erinnerung hatte.

Dem armen Willi war es in den Jahren unserer Trennung bei weitem nicht so gut ergangen wie mir. Bis zu seiner Schulentlassung mußte er in dem verrufenen Darmstädter Waisenhaus aushalten, dann war er als Knecht zu einem Bauern gekommen, der ihn drei Jahre lang wie einen Sklaven behandelt hatte. In seiner jetzigen Stellung fühlte er sich sehr wohl. Der Bauer zahlte ihm nicht nur den üblichen Lohn, er hielt ihn auch wie einen Sohn, da er selbst kinderlos war.

Willi erzählte mir, daß er auch mit unseren drei Schwestern in Verbindung stehe. Minna sei in Darmstadt verheiratet, und Anna arbeite als Zimmermädchen im Mainzer Bahnhofshotel. Unsere jüngste Schwester Martha sei als Pflegekind bei einer Familie im Rheingau, wo es ihr sehr gut gehe.

Nach dem Mittagessen am anderen Tag, es war ein Sonntag, ging Willi mit mir in die Stadt, um mich mit dem Weg zum Jugendamt, wo ich mich schon früh am Montag melden sollte, vertraut zu machen.

Auf dem langen Weg, zunächst am Rhein entlang und dann durch die Altstadt mit dem Dom, dem Gutenbergdenkmal, den schönen Häusern und den vielen Menschen hatte ich das Gefühl, in eine ganz andere Welt versetzt worden zu sein. Alles wirkte auf mich zwar interessant, aber doch irgendwie beunruhigend groß und geschäftig.

Nachdem ich mir die Lage des Jugendamtes genügend eingeprägt hatte, gingen wir zum Bahnhofshotel, um unsere Schwester Anna zu treffen. Ich war mir nicht sicher, ob ich sie nach so langer Zeit wiedererkennen würde. Doch als sie uns in der Halle entgegenkam, sah ich, daß meine Sorge völlig unbegründet war: Die Ähnlichkeit mit Willi und mir war zu augenfällig. Die letzten Meter lief sie auf mich zu, fiel mir um den Hals und stammelte schluchzend immer wieder: „Hänschen, mein liebes Hänschen!“

Soviel ungewohnte Zärtlichkeit machte mich derart verlegen, daß ich kein Wort heraus bekam. Anna war eine hübsche junge Frau. Sie war etwa so groß wie Willi, hatte aber genau so weizenblonde Haare wie ich. Leider verging ihre Freistunde viel zu schnell. So viel hätten wir uns noch zu erzählen gehabt!

Am späten Nachmittag mußte Willi wieder zu seinem Arbeitsplatz zurückfahren. Wir beide haben uns nie mehr aus den Augen verloren und sind bis zu seinem frühen Tod stets verbunden geblieben. Unsere kleine Schwester Martha traf ich erst drei Jahre später in Mainz während ihrer Verpflichtung im weiblichen Arbeitsdienst. Auch diese Verbindung ist bis zu ihrem Tod nicht mehr abgerissen.

Wie ging es weiter?

Nachdem ich mich am anderen Morgen herzlich von Tante Anna und der kleinen Anneliese verabschiedet hatte, meldete ich mich beim Mainzer Jugendamt. Ein junger Beamter brachte mich zu meiner Lehrstelle bei einem Schmied in Hergershausen/Kreis Dieburg.

Damit hatte ein jahrelanges Suchen nach meinem Traumberuf begonnen, in dessen Verlauf mein Verhältnis zu meinen Pflegeeltern mehr und mehr abkühlte. Vater Schlag machte keinen Hehl daraus, daß er mich für einen Versager hielt – und das nahm ich ihm natürlich übel. So blieb unsere Verbindung lange Zeit auf gelegentliche Briefwechsel beschränkt. Erst nach vielen Jahren, als ich in Andernach eine dauerhafte Arbeit in guter Stellung gefunden und auch eine Familie gegründet hatte, besserte sich unser Verhältnis wieder.

An Pfingsten 1950 fuhr ich mit meiner Familie zum ersten Mal nach Weickartshain. Unsere Mädchen hatten im Nu die Herzen ihrer neuen Großeltern erobert. Vater Schlag litt noch an den Folgen eines Schlaganfalls und mußte meist im Sessel sitzen.

Als ich ihm meine Situation geschildert hatte, nickte er

beifällig mit dem Kopf: „Ja, ja, ich habe die Hoffnung nie aufgegeben, daß aus dir doch noch ein wertvoller Mensch wird." – Er dachte wohl, daß dies allein seinem erzieherischen Einfluß zu verdanken sei.

Unser Besuch verlief in schönster Harmonie. Beim Abschied drückte Vater Schlag jeden von uns an seine Brust und sagte mit Tränen in den Augen: „Ihr seid doch alle meine lieben Kinder."

Wir wußten damals noch nicht, daß dies ein Abschied für immer sein sollte. Wenig später bekam Vater Schlag einen zweiten Schlaganfall, den er nicht überlebte.

Heute ist von meiner „geliehenen" Familie nur noch Karlinchen übrig geblieben, deren neunzigsten Geburtstag wir kürzlich in Weickartshain ausgiebig gefeiert haben.

Wenn ich jetzt mit meiner Frau in unserer allzu ruhig gewordenen Wohnung sitze und an unsere fünf Töchter zurückdenke, die vor langer Zeit unser Haus mit fröhlichem Leben erfüllten, dann drängt sich mir der Gedanke auf, daß auch die eigene Familie letztlich nur eine auf Zeit geliehene Familie ist.